티라노 네 번 독서

티라노 네 번 독서

서용순 철학 에세이 사유하라

| 차례 |

이 책에 대해 무슨 말을 써야 하나 생각했을 때, 가장 먼저 떠오른 것은 "한 문장으로 충분하다"는 간단한 말이었다. 아주 짧은 문장, 심지어는 아직 문장이 되지 않은 '한 구절' 혹은 '개념'이 이 책의 대부분을 만들어냈다. 말하자면, 나는 어떤 짧은 문장, 구절 또는 개념에 '꽂혀' 집필을 시작했다. 사유에 속한 많은 진술은 작은 한 문장과 구절 속에 새로운 사유를 담고 있다. 그리고 그것을 통해 사유가 펼쳐지고 실천이 이어진다. 모든 복잡다단한 사유는 단지 하나의 전제, 하나의 선언에서 출발한다. 그 과정은 물론 험난하겠지만, 그 거친 굴곡을 헤쳐 나가는 것도 역시 사유의 몫이다.

그 사유의 쓰임새는 무너진 가치를 다시 정립하는 데 있다. 그런 시도들은 이미 있었다. 우리의 서평꾼 로쟈가 잘 지적한 것처럼, 신의 죽음이 확정된 근대적 시기 이후, 유럽의 철학자들은 신에 의존하던 도덕과 삶의 가치를 재정립하기 위해 무진 애를 썼다. 그 결과 신 없는 시민적 도덕과 윤리가 확립되었고, 인간의 삶은 그런 가치관에 따라 재정립되기에 이르렀다. 그 가치를 위기로 몰아넣은 신자유주의적 야만의 시대에 그 시도는 필연적으로 반복되어야 한다. 이 책은 그러한 새로운 가치 정립의 필요성을 문학을 비롯한 예술과 철학의 사유 속에서 다시 발견하는 출발점이 된다.

예술과 철학이 제시하는 사유는 실천의 방향을 제시하고, 새로운 시도를 모색하는 방향타 역할을 한다. 어떤 새로운 상상과 쟁론을 통해 사유는, 아무도 가보지 않았던 길을 제시함으로써 우리의 반복적인 삶에 단절을 가져오고, 그 삶에 역동성을 더한다. 이른바 '진보'란 새로운 길의 이름이며, 새로운 행위의 벡터일 뿐이다. 그와 같이, 사유는 한 문장에서 시작되는 지속의 과정이다. 이 책을 폈을 때, 독자들은 쉽게 그 한 문장 또는 한 구절을 발견할 것이다. 그것은 독자의 다른 출발점이 될 수도 있다. 그렇게 사유는 이어지고, 또 실천으로 나아간다.

이 책은 이런저런 계기로 써놓았던 여러 글에서 비롯되었다. 내용을 대폭 수정하고 새로운 글을 추가하고 보니, 무척 새로운 글이 된 느낌이 든다. 하지만 시와 철학을 통해 펼쳐지는 '사유'와 '실천'이라는 큰 주제는 그대로 남아 있다. 이 글 전체는 오래전부터 빈사 상태에 놓인 철학, 언제나 주변적인 위치에 있었던 문학(예술)을 구심점 삼아 사유를 다시 일으키려는 시도를 담고 있다. 말하자면 이 책은 저버릴 수 없는 '사유에 대한 요구'다.

이 글은 표면상 '에세이'라는 형식을 취하고 있다. 그러나 동시에 '철학적'이다. 읽기 어렵지는 않을 것이다. 그러나 한참 곱씹어야 하는 부분도 있다. 눈치 빠른 독자는 이 책이 바디우와 플라톤의 철학에 대한 새로운 접근을 포함하고, 중요한 철학적 개념들을 응용하고 있음을 쉽게 알아챌 것이다. 따라서 독자들은 이 책을 바디우와 플라톤에 대한 일종의 해설이라고 느낄 수도 있다. 그러나 그것에 그치지 않는다. 그 안에는 나의 철학적 사유가 적잖이 섞여 있다. 바디우 등의 철학을 내 나름대로 재해석하고 재구성함으로써 새로운 방향의 사유로 나아가는 것이 이 글의 목적이었다.

나는 오늘 한국에 사는 모든 이들이 겪고 있는 여러 정황의 독특함을 재료로 삼아 나름대로 일관적인 논조의 글을 쓰고자 했다. 그 시도가 어느 정도 성공을 거두었다고 자평한다. 그런 시도를 통해 이 책은 오늘날의 문화와 정치적 상황에 대한 개입인 동시에 다분히 학술적인 성격을 포함하게 되었다. 될 수 있는 대로 쉬운 글을 쓰려고 노력했지만, 그 안에는 특정한 철학적 맥락이 적지 않게 남아 있다. 언젠가는 그런 철학적 맥락을 다른 수준에서 본격적으로 풀어헤칠 날이 있을 것이라 기대해본다.

첫 장과 마지막 장을 제외한 나머지 장의 처음과 끝에는 제사題詞와 함께 읽을 만한 책의 간단한 목록을 붙였다. 그것이 이 책에 등장하지 않는 각주의 역할을 한다. 또한 그것은 앞서 말한 나의 '한 문장', 그 글을 만든 최초의 동기가 된 '한 문장'이기도 하다. 글을 쓸 당시에는 각주를 생략하고, 모든 것을 글 안에서 풀어내는 새로운 글쓰기를 시도한다는 야심 또한 있었다. 물론 그 야심은 그저 구상으로만 남아 최소한의 수준으로 축소되었다. 그 대신 각 장의 끝에 문헌의 목록을 제시함으로써 이어지는 독서를 통한 사유의 이어짐을 부드럽게 요청하는 형식을 도입하였다.

이 글은 여러 가지 실험으로 채워져 있다. 각주 없는 글이라는 점 외에도 많은 것들이 있다. 비록 편집 과정에서 많이 정리되기는 했으나, 문체나 서술 방식에서 실험적인 요소들이 아직도 많이 남아있다. 그러나 이런 실험이 완전히 새롭지는 않다. 현대 프랑스 철학에서 시도된 엄청난 실험들이 있었고, 한참 부족하나마 그 연장선상에서 시도되었다고 할 수 있다. 비록 만족스럽지는 않다 해도, 모두 시도해볼 만한 것들이었다.

이 책의 많은 내용은 한국예술종합학교에서 매년 진행되었던 〈예술과 정치〉라는 강의에서 적극적으로 활용되었고, 그 과정에서 적절히 수정·보강되었다. 정말이지 열과 성을 다해 강의에 참여한 학생들의 얼굴 하나하나가 내 마음에 그대로 남아있다. 수강 신청 1분 만에 정원을 채우던 이 강의는 우여곡절 끝에 폐설廢設될 예정이고, 자연스럽게 이 책은 그 강의의 흔적으로 남게 되었다. 지금의 이 책을 있게 한 한예종의 학생들에게 고마운 마음을 전한다. 그들 덕분에 그 강의는 나의 '인생 강의'가 되었다. 아울러, 이 책은 성균관대학교 비교문화협동과정 대학원 강의 중에 얻은 영감에서 출발한 것이었다. 강의에 참여한 많은 학생들에게 감사한다.

아주 오래전, 아내에게 내가 쓰게 될 책을 헌정하기로 약속한 적이 있다. 오랫동안 그 약속을 지키지 못했기에, 미안한 마음은 점점 무거워지는 짐이 되고 있었다. 얼마 전, 이제야 약속을 지키게 되었노라고 말하자, 아내는 그런 적이 있었냐고 반문하여 나를 더 미안하게 만들었다. 그도 그럴 것이, 그 약속은 거의 20년 전의 약속이었다. 이 지면을 빌어 감사의 마음을 아내에게 전한다. 병고病苦에 시달리고 있는 그에게 더 멋진 글을 선사하지 못해 미안한 마음이 더해가지만, 더 좋은 글을 쓰기로 약속하는 것밖에는 할 수 있는 것이 없다.

2025년 4월 1일, 드디어 탄핵 심판의 끝이 눈앞에 다가왔다. 하지만 선고에서 어떤 결과가 나오든(물론 상식적인 결과는 '파면'이다), 내란의 밤은 쉽게 끝나지 않을 것 같다. 갈 길은 여전히 멀고, 어둠은 이어질 것이다. 지치지 말자. 우리는 저 '야만으로 계몽된' 무사유의 중우 정치를 뚫고 밤의 사유를 계속해야 한다. 악몽을 끝내고, 좋은 꿈을 향해 우리의 사유를 이어가야 한다. 삶은 꿈과 같다. 아니 어쩌면 그것은 진짜 꿈인지도 모른다. 그렇다고 허무해할 것은 없다. 그저 사유에 충실한 가운데 그 꿈을 살아가면 그만이다. 이 꿈 한 판을 멋지게 꾸는 것은 각자의 몫이다. 나는 나의 몫을 다할 뿐이다.

2025년 4월
어두운 꿈 한가운데서
서용순

1장 지금,

여기서,

Penser

사유를 지켜내는 법

à l'obscurité

오늘날 우리에게 사유란 무엇인가? 필경 이 질문은 뜬금없는 것으로 여겨질 것이다. 이미 오래전부터, '사유'와 사유에 필요한 '성찰'은 뭔가 어색하고 불편한 말이 되었다. 사유를 위한 성찰은 그저 속 편한 먹물들의 사치로 치부되는 반면, 손익 계산을 위한 빠른 판단은 필수적이고 생산적인 것으로 간주된다. 확실히 우리를 둘러싼 삶의 여건은 사유와 성찰을 위한 여유로움을 쉬이 허락하지 않는다. 우리의 머리와 몸은 급박함과 초조함의 포로가 된 지 오래다. 항상 해야 할 일이 있고, 멈춰 서서 뒤를 돌아볼 여유는 없다. 삶을 이어 나가기 위한 의무의 이행은 사유와 성찰의 여유로움을 허락하지 않는 것 같다. 이 의무의 과정은 매 순간 반복된다. 하나의 일을 처리하면 다음 일이 기다리고 있고, 그 일을 마치면 또 다른 중요한 일이다가온다. 이 길이 끝날 때까지 그저 걸어가야 할 것 같다. 그 길이 어떤 길인지는 묻지 않는다. 길은 이미 거기 있고, 그저 그 길을 따라가고 있을 뿐이다. 사유와 성찰은 그저 쓸모없는 유희가 되고, 우리는 이 의무의 맹목적인 반복에 각자의 몸을 맡겨버린다. 언뜻 보기에, 사유의 여유와 의무의 반복은 서로를 배제하는 것처럼 보인다. 사유와 성찰을 위한 여유로움은 의무의 독毒이 되고, 의무의 성실한 이행은 삶을 무사유의 맹목성에 묶어버리기 때문이다. 그러나 이러한 대립은 결코 절대적이지 않다. 우리는 삶의 의무와 사유의 여유로움이라는 거짓 대립에서 벗어나야 한다. 우리는 삶의 의무를 다하는 가운데, 사유의 여유로움 안으로 들어가야 한다. 어쩌면 그것은 오늘의 세계에서 우리에게 허락되지 않은 일일지도 모른다. 그럼에도 불구하고, 항상 반복되는 삶에서 한발 비켜남으로써 그 반복 자체를 성찰하는 것은 무척 중요하다.

그것이 새롭게 요구되는 사유의 양상은 아닐 것이다. 삶 속에 있으면서도 삶에서 비켜나는 것. 이미 아주 오래 전부터 인간들은 그것을 사유라고 불러왔다. 과학은 우리네 삶의 배경과 그 윤곽을 설명하기 위해 시작되었고, 이상적인 정치 역시 현실의 삶에서 출발해 그 삶을 극복하고자 애썼다. 예술 역시 삶과 그 본질을 따져 묻는다. 현실과 유리된 사유의 여유로움이란 사실상 없다. 모든 사유는 사유의 의무를 발견하고, 단지 목숨을 붙이려는 노력과는 전혀 다른 치열한 노고로 점철된다. 현실을 설명하는 사유의 행위는 종종 현실에 대한 강한 부정으로 나아가고, 그 사유에서 출발하여 사람들은 현실의 억압/압제와 맞서 싸운다. 그때 사유와 성찰은 여유롭거나 평화롭지 않다. 그것은 어떤 경쟁보다 치열하고, 어떤 의무보다 무겁다. 사유의 여유로움이란 거친 숨을 토하게 하는 가파른 언덕에 올라선 후, 다음 여정을 위해 잠시 숨을 고르는 여유에 불과하다. 말하자면 그 여유는 지난 여정을 돌아보고 다음 여정을 준비하는 짧디짧은 휴식의 순간, 그마저도 성찰의 노고로 가득한 휴지休止의 순간일 뿐이다.

　여러 사유가 있지만, 오늘날 길을 잃어버린 두 가지 사유에 대해 말해보자. 아무짝에도 쓸모없는 문학과 먹고사는 일에 전혀 도움이 안 되는 철학 말이다. 솔직하게 말하고 인정할 것은 인정하자. 오늘날 두 사유는 고사하는 와중에 있다고. 그 긴 역사를 뒤로한 채, 이제 낡은 무대 뒤로 퇴장할 것을 요구받고 있다고. 그렇게, '종말'의 어두운 그림자는 이미 두 사유의 면전에 다가와 있다. 무기력을 넘어서 이제는 기동하기도 힘들고, 가끔은 도저히 이해하기 힘든 착란 증세를 보이기도 한다. 환자는 오래 버티지 못할 것으로 보인다. 그러나 '머지않아 다가올 비극을 위해 마음의 준비를 하라'는 식의 말을 해서는 안 된다.

문학과 철학은 모두 소중하다. 그들을 종말의 교수대에 세워서는 안 된다. 문학과 철학이 낡아빠진 지적 유희라 고백하고, 그 종말을 인정한다면, 그 결과 사유 없는 삶의 맹목성만을 승인하게 된다면, 우리는 가장 무시무시하고 악랄한 것들을 정당한 것으로 인정하게 된다. 바로 오늘을 지배하는 무차별적인 불의와 자본의 사람 사냥이 그것이다.

이미 오래전부터, 세상은 이상하게 돌아가기 시작했다. 반공 독재와 권위주의의 시대가 끝나자마자, 우리는 전혀 새로운 것들의 지배를 받아들였다. 무차별적인 경쟁과 적자생존의 논리, 공통적인 것의 후퇴와 극단적인 이기주의는 형식적 민주주의가 안착하는 과정에서 암암리에 영향력을 행사해온 관계항들이었다. 경쟁의 논리는 모든 것에 적용되었고, 그 가운데 우월한 자가 살아남는다는 적자생존의 논리는 보편적인 것으로 간주되기에 이르렀다. 이 나라가 '공통적인 것the Commons'을 완전히 저버린 소수의 가진 자들의 세상이 되는 것은 시간문제였고, 얼마 지나지 않아 그들은 실제로 세상의 주인이 되었다. 타자 없는 이기주의를 자연법칙으로 삼고 '냉혹한 현금 계산'을 철의 법칙으로 삼는 자본의 진짜 얼굴은 힘의 논리를 앞세워 모든 것을 사냥했다. 그 사냥은 사람을 발가벗기고 상처 입혀 막다른 골목에 가두어 끝끝내 모든 것을 포기하게 만들었다. 정의, 평등, 자유, 공통적인 것, 사랑…… 그 위대한 가치들은 강자의 힘 앞에 무력하게 주저앉았다. 불의는 합리적 선택으로 치장되기 일쑤였다. 사태는 여기서 그치지 않았다. 위대한 가치들이 쓰러지자, 좋고 나쁨을 판단하는 기준도 자연스레 바뀌었다. 유용한 것들은 끝없이 상찬된 반면, 무용한 것들은 폄하되고 저주받았다. '무용한 것들'은 도태되어야 했다. 그 안에는 문학(예술)이라는 이름도, 철학이라는 이름도 보인다. 새로운 기준에서 볼 때, 그 사유들은 기껏해야 국가 권력에 구걸하여 돈 몇 푼 받아내는 것으로 연명하는(그 잡다하고 너절한 '지원사업') 비렁뱅이들의 몽상에 불과했다. 번영과 풍요의 편에서, 이제 사유는 더 이상 필요하지 않은 것들, 사라져야 할 것들에 속한다. 만약 살아남고 싶다면, 사유는 자신의 모습을 포기하고 '유용한 것'이 되어야 한다(그 한심하기 짝이 없는, 비즈니스의 장식물에 불과한 CEO 인문학). 유용성의 지배 안에서, 사유는 그렇게 무너져 내린다. 자신의 길을 잃고 거친 숨을 헐떡이는 사유. 자신이 할 수 없는 것을 해야 하는 이 성찰적 사유의 운명은 비관적이기만 한 것 같다.

그러나 이 운명을 받아들여서는 안 된다. 사회적 불의와 자본의 횡포는 극에 달해 있고, 개선의 여지라고는 전혀 보이지 않는 현재의 어둡고 혼란스러운 상황은 사유가 원점으로 돌아가 자신의 책무를 다할 것을 요청한다. 현재의 어둠과 혼돈은 사유의 고향이다. 모든 사유는 황혼 끝에 다가오는 어둠과 혼돈 속에서 시작된다. 고대 민주주의의 몰락이 철학을 정립하고, 봉건 사회의 종언이 근대 산업자본주의의 폭주와 더불어 시의 변전變轉을 낳았음을 생각하면, 사유의 고유한 시간은 어둠과 혼돈의 시간이라는 사실이 분명해진다. 플라톤은 부패한 민주주의가 지배하는 그리스의 한복판에서, 사유가 중단되었음을 선언하고, 무력한 시를 대체할 새로운 사유를 제안한다. 몰락하는 민주주의가 만들어낸 사유의 어둠 속에서 출현한 새로운 사유가 바로 철학이었다. 오랜 세월이 흐른 후, 시는 대상성에 사로잡혀 제 기능을 상실한 철학을 대신하여 존재에 대한 근원적 사유를 펼쳐낸다. 산업자본주의가 승승장구하는 근대 세계의 한 가운데에서 존재에 대한 근본적 물음을 던지는 '시인의 시대'는 모든 존재를 계산과 전유의 대상으로 간주한 어둠의 시대이기도 했던 것이다. 바로 그 어둠 속에서, 시인들은 철학을 대신하여 사유를 기꺼이 떠맡았다. 이번에는 전대미문의 어둠이 찾아들었다. 현대 민주주의의 황혼과 고삐 풀린 자본의 전면적 지배가 한꺼번에 관철되고, 문학과 철학을 모두 쓸모없는 것으로 간주하는 오늘날은 총체적인 어둠과 혼돈이 지배하는 시대, 곧 사유의 일반화된 종말이 널리 인정되는 시대와 다르지 않다. 사유의 폐허와 존재의 폐허가 동시에

덮쳐오는 것이다.

역설적으로, 이 시대는 사유의 자리를 초토화시키는 동시에 그 폐허 위에 사유의 자리를 돌려준다. 바로 그 폐허 위에서 시작해야 하는 것이 오늘날 모든 사유의 공통된 운명이다. 철학이 시의 자리를 차지하고 시가 철학을 역할을 대신한 것과 같은 사유의 자리바꿈은 근본적인 해결책이 될 수 없다. 과거에 있었던 그러한 자리바꿈은 폐허 앞에서 시를 포기하거나, 어둠 속에서 철학을 지우는 것에 불과하다. 사유는 그 폐허와 어둠을 딛고 자신의 길을 열어나가야 한다. 분명한 것은 이 어둠이 사유를 위한 절대적 어둠이라는 점, 폐허 위에 드리워진 이 어둠이 사유 자체의 절대적 배경이라는 점이다. 우리는 이 폐허와 어둠을 사유해야 하며, 그 사유 가운데 도래할 여명을 준비해야 한다. 오늘날 문학과 철학에 공통적으로 주어진 짐이 그것이다. 그 어둠을 통해 이 시대를 성찰하는 것, 전력을 다해 새로운 사유의 창안을 준비하는 것이야말로 두 사유가 감당해내야 할 과제인 것이다. 물론 어려운 일이다. 어둠은 분명하다. 오늘의 세계가 밝고 희망찬 세계가 아니라는 점은 모두가 알고 있다. 그러나 그것에 맞서 무엇을 해야 할지는 불분명하다. 우리가 살아내는 이 어둠은 바로 '무엇을 할 것인가?'라는 질문에 드리워진 어둠이기도 할 것이다. 그럼에도 성급해서는 안 된다. 우리에게 가장 먼저 필요한 것은 이 어둠이 무엇의 어둠인지, 어디서부터 시작된 어둠인지, 그 어둠이 어떤 어둠인지 밝혀내는 일이다.

어둠 속에서 어둠 밝히기. 오늘날 그 어둠의 정체를 밝혀내기 위한 지적 작업은 모든 사유에 드리워진 불안과 강박, 의무감 속에서 순환한다. 그러나 이것이 절대적인 어둠에 맞서 절대적인 빛을 가져오는 시도가 되어서는 안 된다는 점을 분명히 하자. 과거 과학적 사유는 신의 어둠을 밝히기 위해 인간의 지성을 특권화한 바 있다. 모든 계몽의 기획은 신의 어둠을 일소하기 위해 인간 지성의 빛을 절대적인 것으로 삼은 것이다. 오늘날 그 기획은 수명을 다했다. 과학적 사유로 대표되는 인간 지성의 빛은 이윽고 다른 어둠을 불러왔고, 신의 어둠은 인간의 어둠으로 탈바꿈하고 말았다. 과학적 진보도, 사회주의의 기획도 그것이 어둠이 되는 것을 저지하지 못했다. 과거를 반복할 수 없기에, 우리는 다른 수단을 통해 이 어둠을 헤쳐 나가야 한다. 전통 역시 대안이 될 수 없다. 도덕과 양심, 돌봄과 책임이라는 종교적이고 의고擬古적인 수단만으로 이 어둠을 헤치고 나가는 것도 더는 가능하지 않다.

우리는 다른 실천의 체제를 창안해야 한다. 낡은 전통에 함몰되지도 않고, 맹목적 합리성에 투항하지도 않는 새로운 실천의 체제는 필연적으로 전통과 합리성을 통해 셈해지지 않는 다른 언어의 체제를 요구한다. 바로 그 지점이야말로 문학과 철학이 자신의 무기를 벼려야 하는 지점이다. 문학과 철학은 그 무기를 가지고 오늘의 어둠에 대해 새롭게 말할 수 있을 것이다. 전통도 합리성도 말한 바 없는 새로운 언어의 창안은 문학과 철학이 항상 그랬던 것처럼 새로운 세계관을 통해 '무엇을 할 것인가?'라는 질문을 실질적 가능성의 차원으로 옮겨온다. 내가 보기에, 그 질문은 궁극적인 질문이다. 그것은 이른바 '본질'에 대한 질문보다 더 궁극적이다. 그 질문은 우리에게 무엇이 문제인지 분명해진 연후에 가능한 질문, 확신을 펼쳐냄으로써 세계를 바꾸기 위해 던지는 질문이기 때문이다. 지금 필요한 것은 그 질문 자체에 드리워진 어둠의 정체를 밝히는 다른 질문이고, 그 다른 질문을 위해서는 다른 방식의 언어가 필요하다. 말하자면, 질문의 방식을 바꾸는 것이다. 그리고 그것은 문학과 철학의 오랜 임무이기도 하다.

시란 무엇인가? 그것은 존재의 질문, 존재를 둘러싼 수수께끼이다. 시는 개념화될 수 없는 것에 대해 노래했고, 모순적이고 비일관적인 장소를 제 질문의 거처로 삼았다. 아직도 유효한 시의 전통이 있다면, 그것은 존재가 보여주는 당황스러운 몸짓을 마주하여, 지배적인 논리와는 전혀 다른 방식으로 질문하는 것이다. 철학 역시 그렇다. 애써 에둘러 돌아가는 철학의 행보는 당연하게 보이는 것이 단지 착각일 뿐이라는 점을 지적하고, 불가능한 것들이 어떻게 가능한 것이 되는지 보여준다. 그렇게 소크라테스는 질문을 던졌다. 당연시되었던 것들에 대해 되물었고, 물음을 던질 때마다 당혹감을 선사했다. 그런 불편한 스승이었던 그는 금지된 질문을 던짐으로써 마침내 아테네의 범죄자가 되었다. 이처럼 문학(예술)과 철학은 모두 허락받지 않은 질문의 주인이었다. 우리가 다시 시작해야 하는 것은 바로 그러한 허락받을 수 없는 질문을 던지는 일이다. 허락되지 않는 새로운 언어를 통해 새로운 질문을 시작하는 것. 그것이야말로 오늘날의 사유가 해야 할 일이리라. 그 새로운 질문을 통해, 우리는 비로소 '무엇을 할 것인가?'라는 궁극적 실천의 질문으로 나아갈 수 있다.

사유가 언제나 희망하는 정의는 '항상-여기-있는-것'이 아니다. 항상-여기-있는-것은 정의라기보다는 불의일 가능성이 크다. 정의는 그저 한순간 솟아오르는 섬광에 불과하다. 그 섬광은 우리의 정상적인 시력을 마비시키고 우리 사이를 빠져나가는 빛, 배경으로 자리 잡기에는 너무나 순간적인 빛이다. 사유는 그 빛 아닌 빛으로서의 섬광을 포착하고, 그 흔적을 보존함으로써만 어둠에 맞설 수 있다. 새롭게 말해야 한다. 그 섬광의 흔적을 보존하기 위해서는 모든 위반을 감수한 채, 이전의 언어와는 전혀 다른 방식으로 말하고, 이전의 질문과는 전혀 다른 층위에서 질문해야 한다. 그렇다. 베케트처럼, '잘못 말해야' 한다. 그것은 불가능한 방식으로 불가능을 향하는 질문이다. 결국 우리가 함께할 이 사유의 경로는 불가능한 길일 뿐 아니라, 불가능을 향해 나아가는 길 없는 길이다. 때로는 급박한 요구에 응답해야 하지만, 때로는 그 급박함을 뒤로 하고 불가능한 것을 성찰하는 거리가 필요할 것이다. 뒤돌아보면, 근본적 사유의 형상은 항상 그런 것이었고 앞으로도 그러할 것이다. 모든 존재가 참을 수 없는 불의와 거친 힘의 논리 앞에 굴복하는 오늘날, 그것을 극복하고 정의를 구하는 일은 많은 현대 철학자들이 말하듯, 지배적인 힘의 논리와는 다른 가능성, 불가능하다고 여겨졌던 것들의 가능성을 추구했던 사유의 근본적 형상을 호출할 때만 가능하다.

2장 사유의

Penser

충실성에 대하여

à l'obscurité

> 충실성은 사건이 일어난 고유한 질서 안에서의
> 실질적(사유되고 실천된) 단절이다.
> 바디우, 《윤리학》

　어떤 역설. 자명성이 지배하는 세계는 어두운 세계일 수밖에 없다. 모든 것을 지배하는 법칙이 있고, 그 법칙에 따라 불가능한 것과 금지의 조항들이 조직되는 세계, 법칙성의 그물망이 그 어떤 틈도 허락하지 않는 세계야말로 빛이 만들어내는 어두운 그림자가 더욱더 짙어지는 세계인 것이다. 자명함으로 닫힌 세계는 그 자체로 어둡다. 오늘날 우리가 사는 세계는 바로 그런 세계, 몇 가지 제한적인 가능성이 지배하는 세계일 것이다. 그 가능성은 자명한 것으로 다가온다. 그러나 그 자명성은 즉각적인 자명성, 맹목적인 자명성일 뿐이다. 가시적인 수준에서 드러나는 자명성은 때론 사람을 속인다. 중요한 것이 전혀 중요하지 않게 보일 수도 있고, 복잡한 것이 터무니없이 단순하게 느껴질 수도 있다. 우리의 감각은 그다지 정확하지도 않아서, 왜곡된 것을 알아보지 못하는 경우가 다반사다.

승리하는 것은 많은 경우 헛된 자명성이다. 가시적인 거리 밖에 있는 모든 것, 모호하게 남아있는 모든 것은 세계를 지배하는 법칙적 질서에 따라 불가능한 것으로 치부된다. 그렇게 불투명한 전망을 갖는 여러 불확실한 것은 가치 없는 것으로 간주되고, 철저히 배제되거나 금지된다. 오늘의 세계는 우리에게 현실을 지배하는 자명한 이치에 따를 것을 강요한다. 그 이치는 바로 '이기주의'다. 그것은 여러 가지 말—플라톤적인 의미에서, 진리와 대립하는 '의견'의 언어—로 포장된다. 경쟁에서의 승리, 합리적인 선택, 안락과 안전, 부자 되기…… 이 모든 것은 자명하다. 그것이 세상을 움직이고 있기 때문이다. 이러한 자명성 앞에서 근본적인 사유는 이미 오래전 사라진 것처럼 보인다. 사유는 이 세계에서 추방된 것이다.

구조적 법칙성에 지배당하는 '의견'은 가시성의 영역에서 단연 힘을 발휘한다. 지배적인 의견은 거개가 자신과는 다른 것들을 금지하고, 세계를 침묵 속에 몰아넣는 데 성공한다. 그러나 어찌 되었건, 그런 상황을 극복할 수 있는 힘은 원칙적으로 사유에서 나온다. 일단 사유의 개입이 이루어지고 나면 사태는 종종 역전된다. 사유는 의견의 지배가 관철되던 상황을 역전시킬 수 있는 유일한 힘이다. 사유가 드러내는 것은 의견이 지배하던 세계가 일관적이고 통일적인 세계가 아니라, 오류와 불의가 지배하던 거짓 세계였다는 사실이다. 그러한 거짓 세계에 맞서는 사유는 지배적인 의견과는 전혀 다른 결과를 불러온다. 단단하고 통일적인 것처럼 보였던 세계의 틈이 드러나고 가치의 대립과 충돌이 세계를 덮는다. 지동설의 사유가 등장했던 르네상스 말기, 모든 것을 사로잡았던 프랑스 대혁명의 18~19세기, 승리를 구가하던 자본주의에 거센 일격을 가한 혁명의 20세기는 모두 지배적인 세계관과 사회적 체계의 견고한 아성에 균열을 가져온 분열과 대립의 시대였다. 그러나 그 대립은 결코 불모의 것이 아니다. 정당하지 않은 것, 받아들일 수 없는 것의 지배를 승인하는 자명성의 체제, 지배적 의견을 절대적인 것으로 끌어올려 그것과는 다른 모든 것을 제거하는 폭력적 자명성의 체제와는 달리, 사유가 가져오는 대립은 다른 가능성을 낳는다.

외관상 그 대립은 혼란을 낳는 것처럼 보이지만, 실제로는 세계의 모순과 불합리를 드러냄으로써 다른 가능성을 제시하는데, 그것은 한때 기존의 세계와 양립할 수 없는 것으로 간주되었던 것, 달리 말하면 금지되어왔던 '불가능성'이다. 인간적 삶의 지평이 확장되는 과정은 바로 불가능한 것이 새롭게 가능한 것으로 변화하는 과정, 그토록 자명해 보였던 양립불가능성의 극복과 더불어 새로운 가능성의 도래를 알리는 과정이었다. 사유가 가져오는 잔혹한 대립과 충돌은 그 새로운 가능성이 우리에게 주어지기 위한 산통産痛과 유사하다.

그러나 그 과정이 말처럼 간단한 것은 아니다. 새로운 가능성이 실질적인 것으로 인정받기 위해서는 엄청난 노력과 시간이 요구된다. 갈릴레이의 과학적 발견이 인정되기 위해서는 상당히 오랜 시간이 필요했고, 여러 예술적 시도가 '추문'의 혐의를 벗어나는 데는 끊임없이 이어지는 끈질긴 노력이 필요했다. 마르크스는 '공산주의'라는 이름으로 정치의 새로운 가능성을 선언했지만, 그 가능성은 아직도 불가능한 것의 영역으로 남아있다. 수많은 사랑은 여전히 받아들여지지 않는다. 앞서 지나간 모든 시간보다 훨씬 더 많은 시간이 사유가 제시한 새로운 가능성에 바쳐질 것이다.

그렇다면 그 시간은 어떤 시간인가? 그것은 그저 막연한 기다림의 시간인가? 우리는 과연 기다림을 통해 새로운 가능성을 손에 넣을 수 있는 것인가? 하릴없이 무언가를 기다리는 것은 사유의 일이 아니다. 사유의 시간은 자연적인 시간의 흐름과는 동떨어진, '행위'와 '실천'의 시간이다. 사유는 자연적인 시간의 흐름을 모아 강한 연단鍊鍛의 시간을 만들어낸다. 다른 가능성이 존재한다는 확신,

오늘을 지배하는 사물의 정황이 역전될 수 있다는 적극적인 전망이야말로 사유를 추동하는 현재적인 힘이다. 사건에서 시작하는 이 특수한 시간은 끊임없이 이어지는 실천이 만들어내는 충실성의 시간이다. 그 시간 속에서 다른 가능성에 대한 확신이 현실을 바꾸고, 그것을 위한 실천이 세계 안에 다른 자리를 만들어낸다. 충실성의 시간은 이전에는 불가능하다고 낙인찍힌 것들이 새로운 가능성으로 드러나고, 그 새로운 가능성이 실질적인 가능성으로 인정받는 것을 넘어, 그것과 연결된 다른 새로운 가능성을 부단히 '탐색'하는 긴 과정을 지칭한다. 그것은 쉽지 않다. 우리가 간단히 상상하는 것과는 달리, 새로운 것이 옳은 것으로 자리 잡는 과정은 지난한 노고의 과정이다. 지동설이 옳은 것이 되고, 자유와 평등이 보편적인 정치 원리로 인정받은 것은 길고 험난한 실천을 통해서였을 뿐이다. 그 어느 것도 저절로 주어지지 않았다. 모든 것은 예속과 복종, 억압과 금지를 강요하는 지배적인 법칙과의 처절한 싸움 안에서 얻어진 것이다.

오늘날, 이 (약해빠진) 민주주의를 포함하여, 우리가 당연시하는 모든 것이 처음부터 그랬던 것은 전혀 아니다. 그것은 그 오랜 실천이 피와 땀으로 빚어낸 결과들이며, 수많은 얼룩과 상처로 이루어졌다. 그것이 바로 충실성이다. 일말의 두려움도 없는 실천, 아무런 이득과 안락도 가져다주지 않는 노고, 모든 비난과 단죄, 억압과 배제를 뚫고 나아가는 용기, 지배자와 지배의 법에 맞서 자신의 모든 것을 거는 위험은 충실성이 요구하는 궁극의 내기다. '네 확신을 위해 모든 것을 걸어라. 그렇지 않으면 예속과 복종만이 있을 것이다.' 사유란 바로 그러한 충실성, (불)가능한 것에 대한 확신과 용기가 법과 현실의 잔혹함과 어우러져 만들어내는 결연한 충실성의 다른 이름일 뿐이다. 철학과 문학이라는 사유에서 이 비장한 충실성의 흔적을 살펴보자. 소크라테스Socrates와 안티고네Antigone.

소크라테스는 법 앞에 불려 나간다. 그를 옭아맨 것은 젊은이들을 타락으로 이끈다는 죄목이었다. 이 현인의 행동이 현실의 체제, 다시 말해 인정된 가능성의 체제를 위협하고 있다는 것이다. 지배의 법은 소크라테스의 철학적 행위를 현실의 질서에 대한 반역으로 규정한다. 변론에 나선 소크라테스는 어느 것 하나에도 굴종하거나 타협하지 않고, 처음부터 끝까지 그가 언제나 옳은 것, 정의로운 것의 편에 있었음을 강조한다. 우리는 그에게서 어떤 두려움도 읽어낼 수 없다. 죽음이나 추방은 그를 굴복시킬 수 없었다. 아테네의 스승은 어떤 결과가 나오건 그가 지금까지 계속해왔던 진리와 지혜에 대한 사랑의 실천과 그것의 전파를 그치지 않을 것이라고 천명한다. 세계가 그것을 거부한다 할지라도, 그 실천이 옳다는 확신을 포기할 이유가 없기 때문이다. 그는 거부를 거부한다. 사람들이 악한 것으로 낙인찍었지만, 어쩌면 좋은 것일지도 모를 무언가를 피하거나 두려워하지 않겠다고 말할 때, 소크라테스는 지배하는 법의 이름으로 부과되는 거부를 새로운 가능성의 이름으로 거부하는 것이다. 지배적인 의견의 방향과는 정반대로 나아간 소크라테스가 치러야 할 대가는 죽음이었다. 그러나 죽음은 중요하지 않았다. 그에게 중요한 것은 자신의 확신에 대한 충실성, 어떤 위험에도 아랑곳하지 않는 지혜와 진리에 대한 충실성, 이후에 지속될 철학적 욕망에 대한 충실성이었다.

안티고네 역시 심판의 장으로 불려 나간다. 그는 왕이 된 삼촌 크레온Creon의 포고령을 위반하고 나라의 배신자인 오빠 폴리네이케스Polyneíkes의 시신을 수습한다. 이는 불가능한 것을 향하는 담대한 도전, 금지하는 법에 대한 공공연한 거역이었다. 금지된 애도를 마친 후, 안티고네는 크레온의 단죄를 받아 결국 생매장당할 운명에 처한다. 안티고네는 아버지이자 오빠인 오이디푸스로부터 시작된 비극, 진실과 욕망을 둘러싼 인간적 비극을 완수한다. 안티고네를 죽음으로 몰고 간 것은 무엇이었는가? 그것은 다름 아닌 법을 거스르는 불가능의 욕망, 그 욕망에 대한 끈질긴 충실성이었다. 안티고네가 포고령을 위반하여 오빠를 매장하려 마음먹었을 때, 동생 이스메네Ismene

는 말한다. "언니는 불가능한 것과 사랑에 빠졌어요." 불가능한 것을 그토록 원하는 안티고네를 붙잡을 수 있는 것은 아무것도 없었다. 자명성의 세계를 지배하는 크레온에게 그러한 욕망은 단죄의 대상일 것이다. 그러나 불가능의 세계에 머무르는 안티고네에게 그것은 죽음마저 넘어서는 가치를 지닌다. 그녀는 자살로 생을 마감함으로써, 욕망에서 패배의 그림자를 거둬버린다. 오히려 패배한 것은 법이다. 법을 강박적으로 고집하던 크레온은 안티고네를 연모하던 아들 하이몬을 자살로 내몰았고, 아들을 잃은 부인 에우리디케의 자살마저 감내해야 했다. 성 바울로가 설파할 것과 꼭 마찬가지로, 법은 삶이 아닌 죽음의 형상이었다. 남은 것은 법의 파산에 드리워진 죽음의 그림자뿐이다. 크레온이 수호하는 법의 완강함은 모든 것을 무너뜨림으로써 죽음의 자리를 차지하고 만다. 삶의 자리에 남아있을 것은 오로지 안티고네의 충실성, 자신의 욕망에 대한 끈덕진 충실성뿐이다.

소크라테스와 안티고네의 두 가지 실천이 모두 실패로 돌아갔다고 말해서는 안 된다. 욕망은 언제나 '법이 규정하는 정상성의 너머'를 바라보고 있기에, 우리는 욕망이 좌절되는 순간을 더 자주 목격한다. 그러나 지배적인 법의 명령은 불모의 것이다. 그것은 새로운 것의 창안과 (불)가능한 것의 역전을 가로막는다. 비록 좌절이 있을지라도, 욕망은 이어진다. 그것 없이 새로운 질서와 법(칙)은 가능하지 않다. 새로운 것의 창안은 바로 이러한 욕망에서 비롯하기 때문이다. 모든 비극은 '인간 동물'이 갖는 남루함과 비루함을 넘어 예외적 인간성의 위대함과 찬란함을 드러내기 위한 사유의 경로일 뿐이다.

그것을 맹목적인 고집이라고 치부해서는 안 된다. 맹목적인 것은 충실한 것과 근본적으로 다르다. 앞서 지적했듯이, 맹목성은 자명한 것에 대한 숭배에서 나온다. 자명한 것을 숭배하기는 무척이나 쉽다. 그대로 눈에 들어오기 때문이다. 사람들이 권력자를 추종하고, 성공한 자를 추앙할 때, 우리는 그 자명성에 대한 맹목적인 숭배를 본다. 자명성은 쉽게 의심받지 않고, 곧바로 맹목으로 이어진다. 오늘날 우리가 너무나 자주 마주치게 되는 이른바 '팩트'에 대한 숭배는 바로 그러한 무기력한 체념과 착각의 가장 극단적인 결과일 것이다. 그러한 숭배가 적극성을 띨 때, 사태는 폭력적으로 변한다. 가치를 부여받지 못한 모든 것은 무용한 것으로 치부되는 것을 넘어, 제거되어야 하는 것으로 낙인찍힌다. 가능한 것만을 따르라는 명령은 모든 것을 폭력적으로 통제하게 된다. 그것이 오늘날 우리가 헐떡이며 살아내고 있는 무자비한 현실이다.

말할 필요도 없이, 욕망은 불투명하다. 확실한 형태로 제시되지 않는 것이 불가능한 것에 대한 욕망이다. 그것은 어떤 증거도 가질 수 없는 확신에서 출발하고, 팩트의 수준에서 입증할 수 없을 뿐 아니라, 지배적 법칙과는 완전히 화해 불가능하다. 욕망의 편에 서는 것은 쉽지 않다. 그러나 모든 도전이 그러하듯, 법에 대한 욕망의 도전에 쉬운 길이란 없다. 자명하지 않은 이 도전은 그래서 반드시 사유의 과정을 요구한다. 불가능한 것으로 낙인찍힌 새로운 가능성은 반드시 사유의 과정을 통해 하나하나 검토되어야 한다. 세계를 변화시키고자 하는 이 불가능의 욕망을 가늠하기 위해서는 세계의 상태에 대한 의심과 새로운 가능성의 탐색을 끊임없이 이어 나갈 수밖에 없다. 지속적인 의심과 혁신, 새로운 가능성에 대한 지속적인 성찰이 없는 충실성은 화석화된 교리의 맹목적인 숭배로 곧장 이어질 것이다. 불가능한 것으로 낙인찍힌 새로운 가능성을 추구하는 충실성은 결코 그런 맹목적인 추종일 수 없다. 그와는 정반대로, 충실성이란 맹목에서 벗어난 지속적인 사유의 규약일 뿐이다. 바로 그러한 충실성만이 덧없어 보이는 불가능에 대한 욕망을 통해 새로움을 창조하는 힘이다.

이 모든 것은 현실의 요구들이다. 사유의 충실성이 없다면, 모든 것은 오로지 실리와 실용의 논리에 따라 일방적으로 결정될 것이다. 그에 따라 세상이 권력자, 재력가와 같은 힘 있는 인물들만을 상찬하고, 지배적인 법(칙)들에 대한 맹종으로 나아간다면, 우리는 다른 가능성을 생각할 수 없는 절망적인 상황에 놓일 것이다. 그러나 그것이 다는 아니다. 우리에게는 언제나 다른 것에 대한 욕망, 지금 존재하지 않는 것에 대한 욕망이 있다. 때로는 몽상이라 조롱받고, 때로는 환상으로 치부되지만, '불가능'을 향한 욕망이 사라진 적은 없다. 상황이 아무리 절망적일지라도, 지배적 법칙 이외의 다른 대안이 없다고 설파할지라도, 현재적 시점에서의 불가능성, 언젠가 현실이 될지도 모를 새로운 가능성은 언제나 우리의 욕망으로 남을 것이다. 사유는 전력을 다해 그것에 복무한다. 철학도, 문학도 그 의무를 회피할 수 없다. **불가능의 욕망에 대해서는 결코 양보하지 말라.**

읽어볼 만한 책
바디우, 《윤리학》, 도서출판길, 2025(예정)
바디우, 《투사를 위한 철학》, 오월의봄, 2013
플라톤, 《소크라테스의 변명》, 아카넷, 2020

3장 동굴의

Penser

희망

à l'obscurité

'희망'이라는 이름의 주체적 차원은 극복된 시련이지,
우리가 그 이름으로 시련을 이겨내는 어떤 것이 아니다.
바디우, 《사도 바울》

　불가능한 것이 있다. 모두가 그것을 가늠하고 분별하
며, 그것을 피하거나 체념한다. 그러나 그 불가능은 현재
의 불가능이다. 그것이 '과거의 불가능'이 되는 것은 결코
불가능하지 않다. 인간의 역사는 수많은 불가능을 가능성
의 영역으로 가져오는, 지적이고 실천적인 탐험들로 이루
어진다. 그렇다면, 불가능한 것을 어떻게 말할까? 우리가
불가능을 말하기 힘든 이유는, 불가능한 것이야말로 말의
질서를 벗어나 있는 낯선 것인 동시에, 그 질서를 위태롭
게 하는 것이기 때문이다. 어쩌면 그것은 우리 자신이 스
스로 금지하기에 발설할 수 없는 것이기도 하다. 발설할
수 없다는 것은 단순한 비밀스러움이 아니다. 발설할 수
없는 것에 대해서는 아무것도 할 수 없다. 그저 침묵하는
수밖에. 그것을 발설하는 순간 우리는 엄청난 결과를 떠

안아야 한다. 그렇기에 불가능한 것은 자발적인 금지의 영역 안에 있다. 이러한 불가능에 충실하기란 쉬운 일이 아니다. 그것에 충실하고자 한다면, 그 침묵을 깨고 그것이 가능한 것이라고 선언해야 할 것이다. 모든 충실성은 바로 그러한 선언, 침묵을 뚫고 나가는 단호하고도 과감한 선언으로부터 시작된다. 그러한 실천이 있을 때, 불가능한 것은 그제야 가능한 것이 될 최초의 자격을 갖춘다. 그렇게 충실성은 불가능한 것을 가능한 것으로 돌려세우는 전대미문의 실천이 된다. 불가능한 것을 가능하다고 말하기에, 기존 질서의 입장에서 그것은 '미친 짓'이 될 수밖에 없다. 충실성은 그러한 미친 짓의 욕망으로부터 시작하는 무한한 과정이다.

따라서 충실성은 희망의 실천이다. 그것이야말로 충실성이 헛되지 않은 이유다. 예컨대, 평등에 대한 충실성은 평등의 희망을 가능하게 한다. 그 반대가 아니다. 사람들이 그렇게 평등이라는 이념에 충실할 때, 평등은 불가능에서 벗어나 '가능'으로 향한다. 이 과정에서 싹트는 희망이 평등에 대한 사유와 실천을 고무할 때, 비로소 평등은 현실의 힘으로 도래할 수 있다. 아무도 평등을 실천하지 않는다면, 평등은 사유되지도, 도래하지도 않을 것이다. 그렇다면, 희망은 어디서 잉태되는가? 내가 여기서 문제삼을 것은 바로 충실성이 겨누는 희망 그 자체보다도, 그 희망이 비로소 고개를 드는 곳, 충실성이 근본적으로 문제 삼아야 할 장소이다. 만약 우리가 전례 없는 실천으로 평등을 희망하게 된다면, 그 평등이 돌아가야 하는 지점은 어디인가? 평등이 귀환하는 지점은 당연히 불평등의 장소이다. 평등이 필요한 곳은 평등이 없는 곳, 불평등이 지배하는 곳이기 때문이다. 우리가 평등을 사유한다면, 그것은 불평등과의 단절을 위해서이고, 평등의 사유가 실제로 펼쳐져야 하는 지점은 곧 불평등의 지점이 된다. 불평등이 지배하는 장소에서 평등의 이념이 태어나고, 거기서 모든 평등의 시도는 불평등을 겨눈다. 그런 점에서, 희망을 향하는 모든 실천은 희망-없음의 자리, 절망의 자리를 가로지를 수밖에 없다. 결국, 희망은 절망의 장소에서 벌어지는 실천들이 만들어내는 예외의 사태라고 말해야 할 것이다.

우리는 많은 시인과 예술가, 정치적 투사들이 저마다 충실성의 실천을 통해 그러한 희망-없음의 자리를 어떻게 희망으로 돌려세우려 했는지 알고 있다. 사뮈엘 베케트Samuel Beckett는 아무도 오지 않는 가운데, '고도가 올 것'이라는 약속을 믿는 블라디미르를 통해 희망을 향한 인간의 열망, 되풀이되는 절망 속에서도 기다림을 포기하지 않는 끈덕짐을 보여준다. 블라디미르와 에스트라공은 고도가 오지 않음에 낙담하지만 결코 멀리 떠나지 못한다. "내일 다시 와야 하"기 때문이다. 베케트는 세계의 절망을 두고 비관하는 인간이 제 안에 포기할 수 없는 희망을 품고 있음을 역설적으로 보여주는 대표적인 사상가이다. 김수영은 어떤가? "바람보다도 더 빨리 눕"고, "바람보다도 더 빨리 울"지만, 그러면서도 "바람보다 먼저 일어나"는 풀의 형상을 통해 절망의 장소에서 시련을 이겨냄으로써 반드시 희망을 일으켜 세우는 역설을 우리에게 보여주지 않았는가? 레닌 또한 다르지 않다. 자신의 곁에 거의 아무도 남지 않은 절망적인 상황 속에서도, 포기하지 않고 혁명의 필연성을 역설하면서, 모든 것에 맞서 자신의 확신을 관철하려 한다. 그렇게 제 확신에 충실했던 레닌은 어느 순간에도 희망을 포기한 적이 없는 정치적 투사일 것이다. 절망이 아무리 잔혹할지라도, 그 안에는 언제나 희망이 자리하고 있다는 점을 그들은 애써 보여준다. **어둠은 언제나 희망을 담는다.**

철학의 사유를 열어놓은 플라톤 역시 그 역설적인 희망의 신봉자임에 틀림없다. 그러나 그에게 그 희망은 생각보다 간단하지 않다. 빛이 들지 않는 곳은 언제나 있고, 무지는 제 편에서 앎을 무지로 치부하곤 한다. 그렇기에 플라톤이 이데아에 대한 통찰과 등치하곤 하는 앎이란 어려운 일일 뿐 아니라 위험한 일이기도 하다. 그것을 잘 보여주는 것이 바로《국가》제7권에 등장하는 '동굴의 비유'다. 잘 알려진 것처럼 동굴의 상황은 간단하다. 그곳에 갇힌 자들은 동굴 벽에 비친 그림자를 그림자가 아닌 실제 존재로 생각한다. 그들은 사실상 그 거짓 형상의 포로다. 어느 날, 그 수인囚人들 중 누군가가 동굴 밖으로 나가게 되고, 거기서 강렬한 태양을 마주하게 된다. 여기서 그의 삶은 완전히 뒤집힌다. 이 수인은 자신이 얼마나 무지했는지 깨달을 것이고, 그 밝은 빛을 다시없는 축복으로 여길 것이다. 그런데 갑자기 예상치 못한 일이 벌어진다. 자신이 동굴 안에서 보던 것이 모두 가상假像이었음을 깨달은 이 수인은 동굴 안에 갇힌 자신의 동료들을 생각하는 것이다. 바깥 세계에서 얻은 자유와 기쁨을 누리는 대신, 그는 제 동료들에게 진짜 세계가 여기 있음을 알리기 위해 절망의 동굴로 향한다. 그 가슴 벅찬 동굴로의 귀환이다.

사실상 플라톤의 드라마는 여기서 시작된다. 동굴로 돌아온 이 과거의 수인은 현재의 수인들을 향해 '진실'을 말한다. 자신이 밖에서 본 것에 대해, 그들이 밖으로 나가 봐야 할 것들에 대해. 플라톤은 그 일이 쉽지 않음을 강조한다. 현재의 수인들은 이 '미쳐버린' 과거의 수인을 믿지 않는다. 그들은 밖에서 눈을 버려 가지고 돌아온 과거의 수인을 가엾게 여기거나 조롱할 것이다. 시답잖은 객설을 들어주다가 지쳐 짜증을 낼지도 모른다. 그도 그럴 것이,

그들에게 명백한 것은 바로 동굴 벽에 비친 그림자뿐이다. 빛을 목격한 과거의 수인이 해야 할 일은 그리 만만치 않다. 그 가상들, 벽을 비추는 희미한 빛의 자국에서 출발하여, 진정한 빛의 존재를 입증해야 하기 때문이다. 그들 모두를 강제로 끌고 나가 스스로 빛을 보게 하지 않는 한, 제 눈에 절대 들어오지 않는 빛의 존재를 믿지 않을 것이다. 한눈에도 의심스러운 태양의 존재를 강변하고, 계속해서 그들의 무지를 드러내려 한다면, 그들은 이 과거의 수인을 죽이려 들 수도 있다. 그렇다. 절망의 장소는 그렇게도 완강하다. 그 절망에 희망을 안겨주기 위해서는 목숨을 걸어야 할지도 모른다. 희망은 무상無償의 선물처럼 아무런 노고도 없이 주어지지 않는다. 그래서 플라톤은 동굴로의 귀환이 갖는 위험에 대해 진지하게 경고한다. 동굴에 갇힌 수인들은 그 어둠의 절망을 불가능해 보이는 희망과 순순히 맞바꾸려 하지 않을 것이다. 헛되고 낯선 희망을 받아들이기보다는 익숙한 절망을 버텨내는 것이 그나마 가능한 것처럼 보이기 때문이다. 그래서 그 불가능한 희망의 출현을 위해서는 어떤 끈덕진 힘, 모든 조롱과 폭력을 이겨낼 수 있는 끈덕진 사유의 힘이 필요하다. 절망의 시련은 희망을 위한 것이다.

어떻게 보면 절망의 동굴로 돌아간다는 것은 헛된 것처럼 보일 수 있다. 이미 태양을 목격한 연후, 누가 절망으로 가득 찬 그 어둠 속으로 돌아가고자 하겠는가? 설령 돌아간다 한들, 가상과 편견이 지배하는 그 동굴에서 진리를 설파하고 관철시키는 것이 과연 가능하겠는가? 그 귀환은 무익하고도 해로운 행동이 될 가능성이 크다. 그러나 플라톤은 자신의 평화와 안온함을 유지하기 위해 그 헛된 귀환을 포기하라고 말하지 않는다. 그는 철인 정치를 논하면서, 진리를 발견한 철학자가 자신의 즐거움을 위해 그 진리의 관조에 머무르게 해서는 안 된다고 말한다. 진리를 깨달은 자는 그 진리를 짊어지고 거친 풍진風塵 속으로 돌아가야 한다. 그렇게, 자신이 떠났던 가상의 세계로 돌아온 과거의 수인에게는 의무가 주어진다. 자신이 발견한 진리를 펼쳐놓아야 하는 의무 말이다. 그것은 진리를 통해 세계를 바꾸는 실천, 진리를 위한 충실성의 용기 있는 실천이다. 진실을 알리는 것, 명백한 것을 가상이라 말하는 것, 그럼으로써 그 장소가 절망의 장소임을 선언하는 것은 너무나 위험한 일이기 때문이다. 플라톤은 그 엄청난 시련을 어떻게 극복할 것인지에 대해서는 말하지 않는다. 많은 경우에 그러하듯이 그는 문제만을 던져놓고, 위험과 난점을 상기시킬 뿐이다. 그는 무거운 침묵 속에서 이렇게 속삭이는 듯하다. "내 말에 공감하나? 그러면 그걸 해결해야 하는 건 바로 자네야!"

이 문제를 올바로 파악하기 위해서는 플라톤의 저 갑작

스러운 비유를 뒤집어 생각할 필요가 있다. 동굴의 어둠과 낮빛의 찬란함을 그저 대립시키는 빛과 어둠의 이분법, 앎과 무지의 이분법을 비판하기에 앞서, 과거의 수인이 왜 절망의 장소로 귀환해야 하는지를 먼저 물어야 한다. 이 비유가 등장하는 《국가》는 집단적 삶의 근원적인 변화를 겨누는 저작이다. 그것을 관통하고 있는 '정의'라는 테마는 집단적인 수준에서만 검토될 수 있다. 그런 점에서 귀환이 요구되는 것은 '필연적'이다. 집단적인 삶의 변화를 꾀하고자 한다면, 진리의 관조 그 자체에 머무를 수 없기 때문이다. 마침내 해방된 과거의 수인은 어둠이 지배하는 동굴로 돌아가 현재의 수인들로 하여금 스스로 고개를 돌려 빛을 찾게 할 것이다. 그렇지 않으면 집단적인 삶의 변화는 불가능하다. 플라톤은 바로 그런 귀환의 필연성에 따라, 과거의 수인을 다시 동굴로 돌려보낸다. 바로 그때, 동굴은 더 이상 절망의 장소가 아니라, 새로운 희망의 장소가 된다. 진리에 충실한 실천으로 희망의 씨를 뿌리고, 희망을 키워나가야 하는 장소는 결국 절망의 장소이다. 절망의 시련을 극복하여 마침내 희망을 만들어가는 것. 그것이야말로 진리를 발견한 과거의 수인이 해야 할 일이다. 따라서 어둠의 동굴은 단지 떠나야 하는 장소가 아니다. 적극적으로 생각하면, 동굴은 집단적인 삶을 정의롭게 만들기 위해 필요한 모든 존재들, 해방되어야 하는 존재들로 가득 찬 장소이다. 거기서 현재의 수인들은 정의를 위한 행동의 잠재적인 주체일 것이고, 동굴은 그런 주체의 저장고라 할 수 있다.

동굴은 변화를 위한 사유의 충실성이 전개되는 곳, 그것을 통해 모든 희망이 창조되는 곳이다. 그것이 우리가 어둠을 적극적으로 사유해야 하는 이유다. 어두운 시대를 한탄하고, 절망적인 상황에 비관하기만 한다면, 변화는 어디에서도 오지 않는다. 우리는 그 시대와 상황을 희망을 위한 자양분으로 삼을 수 있어야 한다. 역설적으로, 희망의 희미한 빛은 어둠 속에서만 나온다. 시대의 어둠이 깊어지면 깊어질수록, 희망을 위한 고민과 몸짓은 더욱 치열해질 것이다. 언뜻 보면, 그 몸짓은 아주 미미해 보인다. 게다가, 절망이 지배하는 곳에서 불가능을 향한 몸짓은 모두 '미친 짓'으로 치부되기까지 한다. 그러나 그 '미친 짓'이 없다면, 절망은 끝까지 절망으로 남을 것이다. 그러한 절망의 시대를 끝내기 위해서는, 어두운 시대와 작별하기 위해서는, 희망을 포기하지 않고 절망 속에서 희망을 만들어내는 실천, 미친 짓으로 치부되는 과감한 주체적 실천이 필요하다. 아마도 플라톤은 그러한 주체적 실천의 담지자를 '철학자'라고 불렀을 것이다. 동굴로 돌아가야 하는 자, 진리를 관조하는 데 머물지 않고 세상으로 돌아와 대중과 호흡하는 자가 바로 철학자다. 정의가 문제인 이상, 그의 실천은 세계의 변화를 향한 주체적 실천이다. 그런 '미친 짓'의 주체가 바로 철학자일 것이다. 그리고 이 '철학자'는 오늘날 아카데미에 유폐된 '철학 전문가'들이 아니다. 당시 플라톤에게 철학자란 그때는 없었던 완전히 '새로운 인간', **진리에 대한 확신으로 세계를 변화시키고자 하는 전무후무한 인간**일 뿐이다.

'철학자'를 아카데미의 고리타분한 인물이 아닌, 변화의 의지와 충실성을 지칭하는 고유명으로 간주해도 좋겠다. 물론 그 명칭을 폐기해도 관계없다. 오늘날 아카데미즘 속에 완전히 파묻힌 '철학자'라는 말은 그저 방황하는 기표다. 중요한 것은 세계를 변화시키고자 하는 주체적 의지와 그에 충실한 실천일 뿐이다. 누가 되었건, 그가 무엇이건, 절망을 희망으로 역전시키고자 할 때, 플라톤이 말했던 '귀환의 실천'은 지속될 것이다. 앞서 지적했던 베케트와 레닌, 김수영 등은 지배적인 절망을 딛고 새로운 희망을 사유했던 실천의 주체들이었다. 우리는 그러한 시도를 어떤 특권적인 영역에 한정해서는 안 된다. 중요한 것은 그 주체적 실천, 도무지 분별할 수 없는 '미친 짓'이 희망-없음 속에서 희망을 낳을 수 있다는 점, 그러한 시도들이 희망을 피워낼 웃거름이 된다는 점을 정확하게 아는 것이다. 시대는 어둡고 절망은 깊다. 그러나 완전한 절망이란 없다. 베케트가 말하듯, 오늘의 세계는 "불모의 땅"

이지만, "완전히 그렇지는 않"다. 동굴의 희망은 언제나
우리 앞에 있다. 우리가 '미친 짓'을 포기하지 않는다면.

읽어볼 만한 책
바디우, 《사도 바울》, 새물결, 2008
플라톤, 《국가·정체》, 서광사, 2005
바디우, 《베케트에 대하여》, 민음사, 2013

4장 노년의

Penser

시간에 대하여

à l'obscurité

이 세상 것은 모두 변하고 없어진다는 것을 알아,
집착과 욕망의 집에 머무르지 말라.
〈늙음〉, 《숫타니파타》

　세계를 변화시키는 일은 무척이나 어렵지만, 세상에는
언제나 변화를 열망하는 사람들이 있다. 많은 사람들이
세계의 비참함에 대해 말하고 어두운 세계를 변화시키기
위해 노력한다. 이 도전은 쉽지 않은데, 우리는 언제나 세
계를 지배하고 규정하는 암묵적인 법칙의 체계 아래 있
고, 그 법칙에 따라 움직이기 때문이다. 그러나 그 변화를
위한 결단과 싸움은 언제나 있어 왔다. 그 와중에 많은 피
가 흘렀고, 승리를 거둔 적은 거의 없었다. 오늘날의 세계
는 그러한 변화의 의지가 표명한 결단과 그것에서 비롯된
단호한 싸움의 결과이다. 다른 한편에서는, 변화를 완강
하게 거부하는 사람들도 있다. 세계는 이대로 남아 있어
야 하고, 그 이상의 가능성은 없다는 것이다. '세상이 흘러
가는 대로 내버려두라'는 오랜 경구는 이 세계의 변화를

한사코 거부하는 끈덕진 보수성이 있음을 보여준다. 때로 그것은 변화를 가로막는 폭력적인 시도(이른바 '백색 테러')로 이어지기도 한다. 확실히 세상은 이렇게 분리되어 있다. 이러한 분리를 사람들이 처해있는 객관적 조건의 차이로 환원할 수는 없는 일이다. 굳이 변화가 필요 없는 사람들이 변화를 열망할 수 있고, 변화가 필요한 이들이 변화를 거부할 수도 있기 때문이다.

객관적인 구조와 조건의 관점에서 벗어날 때, 우리는 변화의 의지가 젊은 세대에 속한 것이라고 말할 수도 있다. 스스로의 삶을 설계하려 하는 청년은 기존 질서 안에서 문제를 발견하고, 그 질서를 벗어나 새로운 가능성을 모색하려 한다. 어쩌면 당연한 일이다. 그와 반대로, 기존 질서의 수호자인 기성세대는 과거와의 단절을 요구하는 변화를 그리 탐탁지 않게 여긴다. 세상이 잘 돌아가는데, 굳이 변화라는 모험을 선택할 이유가 없다고 여기기 때문이다. '세대의 갈등과 대결'이라는 미디어의 수사는 사실상 변화를 둘러싼 대립의 지극히 범박한 표현에 불과하다. 사실, 세대 사이의 문제, 세대의 대립과 관련된 문제는 변화와 관련된 '시간'의 문제라고도 말할 수 있다. 앞으로 살아갈 많은 시간을 앞에 두고 있는 젊음과 이미 살아온 많은 시간을 자신의 뒤로 흘려보낸 기성세대는 실제로 변화의 문제를 두고 첨예하게 대립한다. 여기서, 젊음과 정반대 지점에 있는 '노년', 기성세대의 기성세대라 할 수 있는 '노년'에 주목해보자.

명백하게 살아갈 날이 얼마 남지 않는 데다 이미 사회적 활동에서 배제된 노년은 언제나 역설적이다. 그들은 기성세대에서 벗어나 있는 동시에, 자신의 흔적을 기성세대에게 강하게 새겨놓은 사회의 연장자이자 기성세대의 바깥쪽에 있는 존재들이다. 노년은 사회의 주변으로 밀려나고, 경제적으로도 열악한 상황에 놓여 있는 경우가 많지만, 집요하다 할 정도로 보수적이다. 노년에게 남은 것은 과거뿐이다(그리운 리즈 시절!). 그래서 노년은 과거에 매달려 그것을 미화함으로써 필요한 변화를 의미 있는 것으로 인정하지 않으려 하는 경우가 많다. 그러나 많은 사유와 세속적 담론이 동시에 말하는 것은 또한 지혜로운 노년이다. 이미 많은 시간을 보낸 노년이 가질 수밖에 없는 풍부한 경험이 그 근거가 된다. 그 간극, 변화를 거부하는 노년과 지혜로운 노년 사이에는 엄연한 간극이 있다.

시간은 무심하다. 어느 것 하나 비켜가지 않는 것이 시간이다. 인간 種의 모든 불행과 불안은 대부분 자신에게 주어진 유한한 시간과 관계가 있다. 시간을 통해 자신을 만들어내고, 시간의 흐름 속에서 강해지고, 그 흐름의 끝에서 노쇠에 이르는 것이 인간이다. 젊음이 갖는 모든 활력과 즐거움이 사라지면, 거칠고 주름 잡힌 피부와 무거운 몸만이 남고, 어느 것 하나 마음을 따라주지 않게 된다. 그래서 노년은 서글프다. 노년은 활력이 없고, 젊은 시절의 영민함과 빠른 속도를 잃어버린 지 오래다. 몸은 느려졌고 머리는 굳었다. 게다가 남은 시간은 짧기까지 하다. 하지만 마음만은 젊은 그대로다. 그런 노년의 감상은 대다수가 헛헛한 탄식이지만, 늙음을 그대로 받아들이는 것도 아니다. 대다수 노년은 돌이킬 수 없는 젊음을 갈구하고, 젊음을 붙잡으려 무진 애를 쓴다. 운동을 하고, 혈당을 체크하며, 건강한 식단을 찾는다. 요컨대 이들은 변화를 거부하는 듯하면서도 자신을 변화시키려 한다. 젊음이 미덕이 되어버린 오늘날, 우리는 젊음에 대한 노년의 찬미와 동경을 목격한다. 역설적으로 보이지만 이는 또 다른 보수성, 자신의 과거를 유지하려는 보수성을 보여주는 사례다. 자신의 환경뿐 아니라 자신의 몸까지도 지키려 하는 안타까운 노년이다. 제 삶에서 일어나는 변화는 어쩌면 노년에게는 자기 삶에 대한 부정이기에, 자신을 부정하는 그 시간을 다시 부정해야 하는지도 모른다. 노년의 보수성은 그러한 부정하는 시간에 대한 저항이리라.

하지만 노년은 노련하다. 역설적이게도, 남아있는 적은 시간의 슬픔을, 흘려보낸 많은 시간에 대한 상찬으로 치환하려 하는 것이 노년의 간지奸智다. 젊음의 자연적 특권에 대항하여, 늙음의 문화적 특권을 만들어내는 모든 시도들은 그 자체로 흘러간 많은 시간, 그 시간을 통해 얻어낸 풍부한 경험에 근거하고, 결국에는 권위를 소유하려는 시도로 끝을 맺는다. 그렇게 키케로Cicero는 《노년에 대하여》에서 '비참한 노년'을 조목조목 반박하면서 '지혜로운 노년'의 형상을 세우려 시도한다. 그는 젊음의 활력에 노년의 분별력을 맞세우고, 젊음의 감각적 쾌락을 노년의 정신적 쾌락보다 열등한 것으로 낙인찍는다. 또한 노년의 최대 불안인 죽음은 나이를 가리지 않기에, 문제가 되지 않는다고 말한다. 오래 살기를 바라는 젊음과 달리, 이미 오래 살았다는 점에서 노년의 형편이 그리 나쁘지 않다는 것이다. 더 나아가 키케로는 불멸하는 영혼을 찬양함으로써 노년의 실질적인 불안을 씻어내려 한다. 노년에 대한 그런 찬미는 사실상 노년이 자신의 것이라고 강변하는 '시간'에 근거한다. 그가 겪어온 많은 시간이 짧은 시간을 경험한 젊음의 약점을 극복하게 하고, 시간이 쾌락의 내용을 바꾼다는 것이다. 결국, 시간을 빼면 노년에게 남는 것은 사실상 아무것도 없다. 노년에게 바쳐야 하는 존경, 노년이 요구하는 권위는 모두 그들이 쏟아부은 시간에서 비롯되기 때문이다. '지혜로운 노년'이란 바로 그러한 노년의 시간에 대한 정당한 헌사가 된다.

그러나 과연 그 시간은 권위와 존경으로 보상받아 마땅

한 것인가? 물론 그럴 수도 있다. 그 시간이 그러한 권위와 존경에 합당한 것이라면 말이다. 사실 분별력과 절제, 육체적 쾌락에 흔들리지 않는 정신의 성숙함, 경험에서 우러나오는 지혜 등은 마땅히 존중되어야 하는 덕목들이다. 많은 철학자들이 찬미했던 '노년의 미덕'을 무작정 폄훼할 수는 없다. 하지만 물리적인 시간이 그것을 보장하는 것은 아니다. 우리는 그러한 미덕과는 별반 관계없는 노년의 불만과 한탄, 집착과 탐욕을 목격하는 경우가 더 많다. 불만에 찬 노년의 언사와 행동은 눈에 잘 들어오는 반면, 지혜로운 노년은 보통 조용하여 그다지 눈에 띄지 않는다. 절제력과 분별력을 겸비하고 있어, 자신이 나서야 할 자리가 어디인지 정확하게 알기 때문이다. 지혜로운 노년은 집착과 탐욕 대신 절제와 침묵을 적절하게 활용할 줄 안다. 이미 지나간 자신의 시간에 집착해 목소리를 높이기보다는 적절한 선에서 자신의 말을 그치고, 미래를 거머쥐어야 하는 청년에게 무대를 넘겨준다. 어쩌면 그러한 노년의 면모야말로 자애에 바탕을 둔 노년의 권위를 돋보이게 하는 것일 게다.

언제나 사유의 냉정함을 잃지 않는 플라톤은 노년의 두 가지 형상과 일치하지 않는 애매한 모습을 제시한다. 그의 《국가》의 출발점이 되는 최초의 대화에 등장하는 노년의 케팔로스는 은퇴한 상인으로서, 소크라테스와 대화를 시작한다. 노년에 대해 질문하는 소크라테스에게 그는 노년이 지혜롭고, 분별력 있다기보다는 지혜로운 삶의 방식이 있을 뿐이라고 말한다. 소크라테스는 케팔로스를 도발하기 위해 그러한 미덕이 바람직한 삶의 방식 덕분이 아니라 그가 가진 많은 재산 덕분이 아니냐고 반문한다. 케팔로스는 재산 유무가 중요한 것이 아니라고 반박하면서, 저승에 대한 노년의 두려움은 과거에 저지른 올바르지 못한 일에서 비롯된 것이라고 말한다. 옳지 못한 일을 많이 저지른 노년은 불안에 떨 것이지만, 그렇지 않은 노년에게는 그럴 이유가 없다는 말이다. 결국 그는 부유함을 가난 때문에 저지를 수 있는 잘못을 막는 수단이라고 보는 것이다. 이것은 명백한 장사꾼의 주장이다. 장사꾼에게 중요한 것은 거래에서의 정당한 셈이고, 이것이 그의 올바름, 즉 정의인 셈이다. 《국가》의 주제인 정의에 대한 논쟁은 바로 이렇게 시작된다. 이어지는 논쟁에서 케팔로스가 궁지에 몰리자, 그의 아들인 폴레마르코스는 기다렸다는 듯 말을 자르고 끼어든다. 이에 케팔로스는 제물祭物을 돌본다는 핑계로, 미련 없이 아들과 그의 친구 청년들에게 대화의 자리를 넘겨준다. 정의의 문제를 앞에 두고 퇴장하는 노년.

이때, 폴레마르코스의 말이 의미심장하다. 그는 자신이 아버지의 모든 것에 대한 상속자가 아니냐고 말한다. 이 말을 흔쾌히 받아들인 케팔로스의 퇴장이 보여주는 것은 '정의'라는 현재의 문제를 청년에게 상속하는 노년의 모습이다. 일단 표면적인 수준에서 보면, 케팔로스는 철학적 대화에 대해 별 관심을 보이지 않는다. 그에게 중요한 것은 내세의 행복을 위한 제사의 제물이다. 그렇다고 그에게 미덕이 없는 것은 아니다. 제 경험을 무기 삼아 과거를 끌어와 현재를 재단하지 않고, 정의의 문제를 미련 없이 젊은이들에게 넘긴 채, 무대에서 기꺼이 내려온다는 점이 이 노년의 미덕이다. 이것은 젊음을 돕는 방식으로는 매우 부족하지만, 과거에 집착한 나머지 그것으로 현재를 지배하려는 노년의 탐욕을 생각하면 그리 나쁘지만은 않은 태도라고 할 수 있다. 이렇듯, 플라톤이 무대에 올리는 노년의 위치는 다소 애매하고 어정쩡하다.

플라톤이 연출하는 케팔로스의 퇴장은 정의의 문제를 본격적으로 다루기 위한 시발점이다. 정의의 문제에 대한 논의가 본격적으로 시작되자마자 노년의 케팔로스가 퇴장하는 장면은 이 문제가 청년의 문제라는 것을 보여주고 있다. 과연 노년은 이 문제에 대해 할 말이 없는 것일까? 이런 애매한 입장과는 반대로, 노년은 정의의 문제에 대해 누구보다도 탁월한 능력을 가진다고 말해야 한다. 그것은 바로 그의 가장 강력한 무기인 경험의 시간에서 비롯된다. 그들은 과거에 이미 오늘의 청년들이 가진 문제를 경험했다. 문제의 결이 아무리 다를지라도, 노년이 지난날 경험한 문제와 청년이 오늘날 경험하는 문제는 정의의 문제라는 점에서 같다. 중요한 것은 과거를 과거가 아닌 현재를 위해 사유하는 데 있다. 하지만 종종 노년은 과거를 산다. 과거를 끌어와 현재를 증오하고, 곤궁한 현재에 활기찼던 과거를 투영하는 모습은 우리에게 그다지 낯설지 않다. 그들은 현재에 과거를 덧씌워 시간을 역전시키고, 과거와 현재를 곧바로 등치 하면서 시간을 지워버리곤 한다. 그래서 그들은 기회를 얻지 못하는 청년들에게 말한다. "나라면 리어카라도 끌겠다!"

이러한 노년의 특징은 전복되어야 한다. 일단 노년에게 시간을 둘러싼 독특한 능력이 있다는 사실을 인정하자. 그것은 바로 '과거를 현재화하는 능력'이다. 외관상 보수적인 방향으로 작동하는 이 능력을 다른 방식으로 작동시키는 전환이 필요하다. 노년의 능력이 제 경험을 통해 과거를 현재와 일치시키는 데 있다면, 과거의 문제가 그대로 현재까지 이어지고 있음을 통찰하는 것은 그다지 어렵지 않다. 자신이 과거에 겪었던 문제들이 오늘날 다른 형태로 계속된다는 것을 노년은 경험을 통하여 쉽게 알아챌 수 있다. 과거를 현재화하는 노년의 탁월한 능력은 여기서 다른 방향으로 나아갈 것이다. 결국 노년이 청년에게 상속할 수 있는 것은 과거의 문제들이다. 정의를 위한 토론의 자리를 내어주는 것으로는 충분하지 않다. 현재의 불의가 과거의 불의와 맞닿아 있음을 아는 노년은 자신의 과거를 현재의 불의를 일소하는 데 바칠 충분한 능력이 있다. 정의의 문제들을 청년과 나누는 것이야말로 노년이 발휘할 수 있는 최대한의 지혜다. 그렇게 '정의의 문제'를 청년에게 넘겨주는 노년은 시간의 거리를 일소하고, 과거와 현재의 불일치를 적극적인 방식으로 해소할 수 있다. 마침내 노년은 기회 잃은 청년들에게 다시 말할 것이다. "이제는 리어카도 못 끌게 하는구나!" 이 한마디로 과거를 사는 노년은 현재를 사는 청년이 된다.

가장 지혜로운 노년은 과거를 통해 현재를 반추한다. 그리고 그것을 통해 과거와 현재의 시간적 간격은 무화된다. **과거는 현재가 되고, 현재는 과거가 된다.** 마침내 노년의 지혜는 시간을 무너뜨리고, 우리에게는 정의를 향하는 **무시간의 영원성**만이 남는다. 우리는 모두 늙어갈 테지만, 시간이 강제하는 세대의 간극을 정의의 문제를 통해 넘어설 수 있으리라. 과거를 현재화하는 노년의 능력이야말로 그를 지혜롭게 만드는 가장 중요한 덕목이다. 하지만 과거에 갇힌 채 집착과 탐욕을 버리지 못한다면, 그의 탁월할 능력은 그저 노년의 알량한 간지로만 남을 것이다. 불교의 초기 경전인《숫타니파타》에 수록된〈여덟 편의 시〉중 늙음에 대한 시는 늙음 그 자체가 아니라,

늙음을 더럽힐 수 있는 집착과 탐욕에 대해 말한다. 자신이 소유한 것, 자신이 아끼는 사람에 대한 집착은 걱정과 슬픔, 인색함에서 벗어날 수 없다. 노년을 위협하는 것은 죽음 그 자체가 아니다. 오히려, 노년은 자신이 소유한 것이 영원하지 않다는 것에서 연유하는 끈질긴 집착의 위협 아래 놓인다. 자신이 이루어놓은 모든 것이 사라지는 것에 대한 불안이 그 집착을 만들어내는 것일 게다. 변화에 대한 거부, 과거와의 단절에 대한 공포는 모두 그러한 집착에서 연유한다. 자신의 시간과 존재가 부정되는 변화를 받아들이기보다는, 자신과 자신의 과거를 지키기 위해 갖은 애를 쓰기 쉬운 것이 노년이다. 그런 노년을 지혜롭다고 말하기는 힘들 것 같다.

노년은 자신의 모든 것에 대한 집착과 탐욕에서 벗어나 정의라는 청년의 문제를 청년과 함께 사유해야 한다. 오랜 시간 동안 사람들은 세대의 단절과 대립을 불가피한 것으로 취급했다. 노년은 청년에게 훈계를 늘어놓았고, 청년은 자신을 이해하지 못하는 노년을 조롱했다. 이제 이 대립의 시간을 끝낼 때가 되었다. 열쇠를 쥔 것은 노년이다. 이미 자신의 자리에서 떠난 노년은 청년과 그리 다른 처지에 있지 않다. 노년의 시간이 빛을 발하기 위해서는 이전과는 다른 방식으로 과거를 현재화하는 용기가 필요하다. 모든 집착과 탐욕을 버리고, 과거의 시간을 비판

적으로 성찰함으로써 청년과 함께 하는 용기. 노년의 집
착을 버리고, 자신의 모든 것을 걸고 싸우는 청년이 될 용
기. 어느덧 흘러가 버린 자신의 시간을 정의의 재료로 내
놓을 용기. 청년의 기개를 되찾음으로써 청년이 되어버린
그런 노년은 언제나 그리운 존재다.

읽어볼 만한 책
바디우, 《참된 삶》, 글항아리, 2018
키케로, 《노년에 대하여, 우정에 대하여》, 도서출판숲, 2005
플라톤, 《국가·정체》, 서광사, 2005

5장 청년의 '타락'에

Penser

대하여

à l'obscurité

젊은이들을 타락시킨다는 것은……
젊은이들이 이미 뚫려 있는 길로
접어들지 않게 하는 것이다.
바디우, 《참된 삶》

이제 청년에게로 눈을 돌려보자. 청년을 둘러싼 이야기
들은 시끌벅적하다. "요즘 애들은 편하게 자라서 도통 고
생하려 하지 않는다." "요즘 청년들은 무기력하다 패기도
없고 도전도 하지 않는다." 너무나 지겹게 들어서 이젠 식
상하기까지 한 푸념, 산업화를 온몸으로 겪은 옛 세대의
철 지난 노래다. 그들은 열악한 상황에서도 무엇이든 하
고자 노력했던 제 과거를 끌어와, 오늘날 청년 실업의 원
인을 젊은이들 자신에게로 손쉽게 돌려버린다. 상황이 어
려워도 열정만 있다면 어떤 일이든 할 수 있다고 강변하
면서, 그들은 일자리를 구하지 못한 젊은이들의 '정신 상
태'를 문제 삼는다. 그리고 다른 한편에는 청년들을 동정
하는 시선도 있다. 그들은 오늘의 청년들이 처한 현실 그
자체의 잔혹함과 더불어, 그런 상황을 만든 윗세대의 책

임을 인정하기도 한다. 그에 따르는 권언勸言은 앞의 경우와는 사뭇 다르다. 세상을 바꾸라는 것이다. 이편에 속한 이들은 주로 80년대 민주화운동에 참여했던 세대들이다. 산업화 이데올로기에 충실한 이전 세대와는 달리, 그들은 젊은이들의 투쟁에 방점을 찍는다. 그러나 '토익책을 덮고 짱돌을 들라'는 그들의 권유는 열정을 가지고 도전하라는 말만큼이나 공허하게 들린다. 그들은 객관적인 상황의 변화와 긴밀하게 연동되어 있는 정치적 주체성의 변화 자체를 전혀 보지 못한다. 게다가 젊은이들의 삶 자체에서 출발하여 문제를 지적하기보다는, 각자의 경험이 만들어낸 입장에서 그들에게 훈수를 둔다. 다른 이야기지만 결론은 같다. 그렇게 오늘의 청년들은 산업화 세대에게나 민주화 세대에게나 '무력한' 젊은이들일 뿐이다.

산업화의 한가운데에 있던 세대들은 어느새 막다른 골목에 몰린 젊은이들의 무기력을 비웃는다. 민주화운동을 경험한 세대들은 개인주의에 젖어 집단적 행동을 상상하지 못하는 청년들에게서 또 다른 무기력을 느끼고 답답해한다. 그들은 일치하여 청년들의 무기력을 질타한다. 일이 없으면 열심히 일을 찾고, 그것이 힘들면 단결하여 투쟁하라는 것이다. 그러나 젊은이들은 답답하다 못해 억울하다. 오늘의 이 힘든 상황은 기성세대들이 물려준 것일 뿐, 젊은이들이 만들어놓은 것이 아니기 때문이다. 한때 우리에게는 좋은 시절이 있었다. 경제 위기 없이 순항하던 세계 경제에 힘입어 고도성장을 달성하고, 다른 나라의 전쟁(베트남 전쟁)을 기회 삼아 외화를 벌어들인 그 시기는 국민 대다수의 물질적 삶이 개선된 지극히 예외적인 시절이었다. 그 이후에 정치적 민주화가 달성되었고, 그 결과 현재의 노년과 기성세대는 산업화와 민주화의 과실을 동시에 누린 전무후무한 행운의 세대들이 된다. 물론 그들의 공헌은 분명하다. 산업화의 현장에서 땀 흘려 일하거나, 독재 정권의 종식을 위해 젊음을 바쳐 싸운 사람들은 바로 그들이었으니 말이다. 그러나 이런 좋은 시절은 오래가지 못한다. 1997년에 밀어닥친 국가부도 사태라는 초유의 위기 속에서, 한국 사회가 선택한 것은 경쟁과 각자도생이라는 극악한 생존의 법칙이었다. 사회적 약자를 위한 완충장치, 사회적 안전망의 구축 등은 그야말로 최소한으로만 제한되었다. 그렇게, 능력주의의 원칙을 사회의 지배 질서로 선택하여 오늘의 지옥을 만들어낸 것은 바로 당시를 살았던 기성세대다. 오늘의 청년들, 이러한 굴곡을 직접 경험하지도 못한 우리의 청년들은 윗세대들이 만들어놓은 조건을 그대로 상속받은 것뿐이다.

청년들은 오늘날 자신들이 선택하지 않은 것의 결과를 감내하고 있다. 실제로 그들은 경쟁에서 승리하지 못하면 살아남을 수 없다고 배웠고, 협력과 공통의 삶이란 더 이상 상상할 수 없는 것이 되어버렸다. 경쟁과 각자도생의 법칙을 거스르지 못한 그들에게 경쟁 이외의 대안은 아예 생각도 할 수 없는 것, 글자 그대로 불가능한 것이기 때문이다. 아무도 그들에게 안정적인 일자리와 수입을 얻을 수 있는 길을 열어주지 않았고, 더 좋은 세상을 만들기 위해 무엇을 해야 하는지 알려주지도 않았다. 살아남기 위해 이전 세대가 감히 상상할 수 없는 스펙을 쌓으며 착실하게 살아온 그들은 그저 좌절할 뿐이다. 그들은 마침내 지배적인 경쟁의 법칙을 인정하고, 철저하게 결과를 중심으로 평가받는 능력주의의 원칙을 신봉한 나머지, 자신이 처한 곤란을 자신의 책임으로 돌린다. 그리고 주어진 상황의 틀 안에서 대책을 찾는다. 비록 그것이 무모한 투기 행위에 불과할지라도, 코인과 주식에 투자하는 모험은 그들 나름의 필사적인 노력일 뿐이다. 그러나 그런 노력에도 불구하고, 청년에 대한 비난은 이어지고, 세대 사이의 심연은 더욱 깊어간다.

이런 사태는 그다지 새로운 것이 아니다. 젊은이들에 대한 기성 질서의 공격은 언제나 있었다. 만만한 상대인 가진 것 없는 젊은이들은 기성세대에게 일방적으로 억압당한다. 그 결과 나타나는 것이 세대 사이의 반목과 질시다. 가까운 예로, 과거 민주화 투쟁이 한창이던 시기에 젊은 대학생들은 학생의 본분을 망각했다고 비난받았고,

그 비난은 곧장 억압으로 연결되기 일쑤였다. 기존 질서
는 언제나 젊은이들의 일탈을 '경고'하며, 그들에게 '타락'
이라는 누명을 씌운다. 청년들은 언제나 '타락한 청년들'
이었다. 그도 그럴 것이, 자신의 삶을 설계해야 하는 젊은
이들은 기성세대의 기득권과 보수성에 정면으로 맞설 수
밖에 없기에, 어느새 청년들은 타락한 이단아가 되고 만
다. 지배 질서는 다른 가능성을 차단하고, 청년에게 제한
된 가능성만을 부여함으로써, 그들을 기득권자들의 발밑
에 두려 한다. 그 질서는 각자의 자리를 지정하고, 그 상
태를 유지하는 데 필요한 세계관을 여러 가지 경로로 주
입한다. 경쟁과 각자도생이라는 극단적인 자본주의 이데
올로기야말로 오늘을 지배하는 세계관이다. 오늘의 젊은
이들은 살아남기 위해 그 잔혹한 질서에 어쩔 수 없이 순
응할 수밖에 없다. 그러한 질서를 벗어나면 도태되고 만
다는 위기감이 청년들을 짓누른다.

청년의 고달픈 처지를 바꿀 수 있는 것은 분명 사회의
근본적인 변화일 테지만, 그런 변화가 어떤 은총처럼 갑
자기 베풀어질 리 만무하다. 객관적인 상황은 저절로 변
하지 않는다. 그때 필요한 것이 바로 주체적 질서의 변화
다. 현재의 상태에 순응하지 않고 다른 가능성을 열어나
가고자 하는 주체성의 변화가 없다면, 사회의 질서는 전
혀 흔들리지 않는다. 그러한 지배 질서에서 벗어나는 것

이 문제가 될 때, 그들이 거쳐 가야 하는 통로는 순응에서 벗어난 '일탈'이 된다. 지배적인 세계관을 부정하고, 집단적인 삶의 방식을 바꿔놓는 순간, 세계는 비로소 변화한다. 그것은 어려운 일이다. 일탈을 철저하게 봉쇄하는 지배 질서는 그러한 시도들에 '타락'이라는 낙인을 찍는다. 일탈의 시도란 지배 질서가 제시하는 '유일한 가능성', '대안 없는 가능성'을 부정하고, 그것과는 다른 새로운 가능성을 제시하는 것이기 때문이다. 프랑스에서 일어나 모든 서구 세계로 번졌던 68혁명은 확실히 다른 질서를 요구하는 청년들의 일탈이었다. 무엇에도 기대지 않은 채, 그들은 스스로를 조직했고, 전례 없는 행위를 통해 그들 자신의 삶을 구원하고자 했다. 이 불투명한 혁명은 정치적인 수준에서 좌파와 우파 모두를 거부하고, 사회를 지배하는 권위주의를 파괴하고자 했기에, 기성 질서는 그들의 시도를 '타락한 젊은이들의 망동'으로 치부했다. 이 새로운 주체적 혁명은 지배자들에게 그저 '타락'에 불과했다.

사실 '타락의 낙인'은 무척 오래된 권력의 무기다. 그리스 민주주의의 황혼기에 등장한 소크라테스 역시 젊은이들을 타락시킨다는 죄목으로 기소되었다. 그가 한 일은 지극히 간단했다. 그는 시장에서 사람들과 이야기를 주고받으며, 사람들이 제 무지를 깨닫고 정의를 좇도록 도왔다. 젊은이들은 소크라테스를 추종했고, 그의 가르침을 따라, 세상을 다르게 보기 시작했다. 사이비 시인들과 타락한 민주주의자들은 청년들에게 적지 않은 영향력을 행사하는 소크라테스를 질시했고, 마침내 그를 죽음으로 단죄하기에 이른다. 플라톤이 집필한 《소크라테스의 변명》에서, 소크라테스는 자신에게 가해진 중상모략을 아주 잘 설명하고 있다. 그는 지배 질서와는 다른 것을 설파했다. 타락한 정치가와 가짜 시인들, 장인들을 찾아다니며 그들의 무지를 드러냈고, 젊은이들에게 그들이 들어보지 못한 것들에 대해 말했다. 그 배경은 저물어가는 아테네, 민주주의의 임계점에서 깨어나기 힘든 깊은 잠에 빠져 있었던 아테네였다. 그는 잠든 아테네를 깨우고자 했지만, 아테네는 그 잠에 계속 머무르기 위해 소크라테스에게 독배를 선사했다. 그는 지배 질서에 맞서, 민주주의의 '의견'(진리에 대립하는)에 맞서, '타락'을 조장했다. 영 틀린 이야기는 아니다. 실제로 많은 청년들이 그를 따라 지배 질서와 '의견'(플라톤적인 의미에서)에 대한 맹목적인 복종에서 벗어나려 했기 때문이다. 그 질서와 의견에 대한 거부야말로 지배자들에게는 가장 심각한 '타락'이었던 것이다.

그 타락은 분명 젊은이들의 자발적인 타락이었을 것이다. 소크라테스가 그들에게 일방적으로 강요한 것은 사실상 없다. 소크라테스가 회고하고 있는 것처럼 아테네의 젊은이들은 단지 그의 문답에 귀를 기울였고, 그것에 홍

미를 갖게 되어, 그의 흉내를 낸 사람들에게 따져 물었을 뿐이다. 그들은 무작정 폭력을 행사하지도 않았고, 억지 주장을 내세우지도 않았다. 그들은 지배적인 의견의 부당함을 깨달았고, 마침내 그것에서 벗어났을 뿐이다. 소크라테스는 부러 청년들을 끌어모으지 않았다. 그는 단지 사람들과 말을 주고받았을 뿐이다. 그는 자신의 무지를 공공연하게 인정했고, 다른 이들에게 가르침을 청했다. 젊은이들은 자발적으로 그 주위에 모여들어 그의 대화를 들었고, 마침내 변화했을 게다. 실제로 청년들을 끌어모은 것은 소크라테스가 아닌 소피스트였다. 그들은 청년들에게 적지 않은 돈을 받았고, 그 대가로 민회와 재판에서 대중을 설득하여 자신의 이해를 관철시키는 방법을 가르쳤다. 그들에게 옳고 그름은 중요하지 않았다. 그러나 소크라테스는 정반대였다. 그는 청년들에게 돈을 받지 않았을 뿐더러, 현실적인 '이해관심'을 대화의 중심에 놓지도 않았다. 그가 강조한 것은 좋은 것으로서의 선善과 진정한 아름다움, 훌륭한 정신으로서의 덕德이었다. 모두가 자신의 '이해관심'에 따라 움직이고 있을 때, 소크라테스는 정반대 방향을 가리킨 셈이다. 지배적인 질서, 의견의 방향과는 정반대 방향으로 나아간 것. 청년들에게 그 일탈의 가치에 대해 주저 없이 말한 것, 그것이 그의 죄였다.

여기서 좀 더 나아가 보자. 과연 소크라테스는 실제로

청년들을 가르쳤을까? 그는 젊은이들에게 이런저런 이야기를 했겠지만, 그 이야기들이 선생과 학생 사이에서 흔히 볼 수 있는 일방적인 가르침은 아니었을 것이다. 단지 돈을 받지 않았다는 사실만으로 그토록 열광적인 청년들의 반응을 해명할 수는 없다. 잘 알다시피, 소크라테스는 델포이 신탁으로 인해 짊어진 '가장 지혜로운 자'라는 짐을 벗어 던지기 위해 대화를 시작한다. 바로 그때, 기성세대와는 완전히 다른 청년들이 대화의 장에 모여들었던 것은 어쩌면 당연한 일이다. 그들은 질문만을 잔뜩 늘어놓는 소크라테스에게 좀 더 많은 이야기를 들으려 했을 테고, 좀 더 명확한 설명을 요구했을 게다. 그는 때로는 성심성의껏 답변했을 테고, 때로는 자신의 무지를 들어 결론을 유보하기도 했을 게다. 그러나 무엇보다도 중요한 것은 소크라테스가 젊은이들을 자신과 동등한 대화 상대자로 인정했다는 점이다. 일방적으로 지식을 주입하거나 교훈을 내리는 대신, 젊은이들과 토론했고, 그들에게서 배웠다. 플라톤의 대화편 곳곳에 등장하는 장면, 소크라테스가 제자들의 압박과 성화에 시달리면서도 기꺼워하는 장면들은 그 과정을 잘 보여주는 예증이다. 그것이야말로 청년들이 선망하는 진짜 스승의 모습이다. 그는 아테네 젊은이들이 목마르게 기다리던 스승이었고, 그 젊은이들 역시 그가 가장 기대하던 대화의 상대자였던 것이다. 청년과 스승이 어우러져 서로의 사유를 열어젖힘으로써 청년의 '타락'이 가능해진다. 그들 사이에서 결정적인 '상호적 각성'이 일어나는 것이다.

김수영은 그러한 상호적 각성의 힘을 잘 알고 있던 시인이다. 그의 〈현대식 교량〉은 젊음과 늙음의 교차와 그것을 가로지르는 사랑의 힘을 잘 보여주는 작품이다. 그 "죄가 많은 다리"는 그에게 너무나도 부자연스러운 것이지만 "나이 어린 사람들은" 그것을 알지 못한다. 다리를 건널 때, 시인은 "심장을 기계처럼 중지"시키지만, 중요한 것은 "이러한 반항"이 아니라 "저 젊은이들의 나[시인]에 대한 사랑에 있다". "선생님 이야기는 20년 전 이야기지요", 청년의 지적에도 시인은 "그들의 나이를 찬찬히/ 소급해가면서 새로운 여유를 느낀다". 그렇게, "늙음과 젊음의 분간이 서지 않는" 순간, "젊음과 늙음이 엇갈리"고, "젊음과 늙음"을 갈라놓는 심연으로서의 "다리"는 그 수많은 죄를 벗어던지고 "사랑을 배운다". 언뜻 보기에도 미묘한 뉘앙스를 지닌 이 시는 상호적 각성의 출발점을 이룬다. 시인은 젊은이들에게 배운다. 다름 아닌 그들의 "사랑"이 시인의 조바심을 그들의 나이를 헤아리는 여유로 바꿔놓는다. 이제 젊음과 늙음은 분별할 수 없는 것이 되고, 그렇게 넘어서는 것은 어떤 전환을 가져온다. 그것은 식민지 시기와 전쟁을 거쳐, 독재 정권에 이르기까지 오래전부터 수많은 죄를 덕지덕지 묻히고 있는 "다리"를 둘러싸고 벌어지는, 죄에서 사랑으로의 전환이다. 세대를 가르던 심연이 어느덧 세대를 이어주는 것이다. 이것은 그의 말대로 경이로운 일이다. 그것을 가능하게 만든 것은 바로 청년의 사랑일 것이다. 늙음을 젊음과 만나게 하는 청년의 사랑. 소크라테스를 지속적인 사유로 강제했던 바로 그 현인에 대한 청년의 사랑 말이다.

우리에게도 문제는 마찬가지다. 젊은이들의 무기력을 탓해서는 안 된다. 그들이 만들어놓지 않은 상황을 그들의 탓으로 돌리는 것은 문제를 해결하는 데 아무런 도움이 되지 않는다. 그들에게 일방적으로 기득권과 맞서 싸우라고 말하는 것도 일방적인 강요에 불과하다. 청년들이 자라온 환경은 과거와는 완전히 다르다. 시인이 말하듯, 그들의 나이와 세월을 가늠해야 하고, 현자가 그러하듯, 그들의 눈높이에서 대화해야 한다. 젊은 세대의 싸움, 그들의 해방은 전적으로 그들 자신에게서 비롯될 때 소중하다. 기성세대의 의무는 젊은이들의 목소리에 귀 기울이고, 그들의 입장에서 세계를 바라보는 데 있다. 청년들에게 잔소리를 퍼붓기보다는, 자신의 과거에서 벗어나 자신이 가늠했던 것과는 다른 가능성을 그들과 함께 사유해야 한다. 그러므로 기성세대의 임무는 과거의 세계관에서 벗어나 청년들과 호흡하는 데 있다. 그런 세대의 가로지

5장

름만이 젊음과 늙음을 가르는 심연을 넘어 모두를 만나게
할 것이고, 바로 그때, 기성세대는 청년과 함께 '타락'할
것이다. 모두의 '타락', 모든 세대의 '타락'이다. 그때 비로
소 세상은 바뀐다. 시와 철학은 모두 그러한 '타락'을 위해
존재하고, 그것이야말로 그들 사유의 의무다. 시와 철학
이 오늘날 공유하는 것은 바로 그 의무의 이행이다. 언제
나 지배 질서를 넘어 '타락'을 향해 나아갔던 사유의 면모
를 되찾는 것이야말로, 오늘날 시와 철학에 주어진 과제
이며, 시대의 어둠을 걷어내고 정의로 나아가는 길일 것
이다. **타락하자.**

읽어볼 만한 책
바디우, 《참된 삶》, 글항아리, 2018
바디우, 《투사를 위한 철학》, 오월의봄, 2013
플라톤, 《소크라테스의 변명》, 아카넷, 2020

6장 가시적인 것과

비가시적인 것

Penser

—정의와 불의의 딜레마

à l'obscurité

정의를 지시하는 것은 아무것도 없으며,
스펙터클이나 감정으로 나타나지 않는다.
바디우, 《메타정치론》

정의正義란 무엇인가? 과연 '올바름'이라는 이 오랜 인간
의 이상은 실현 가능한가? 우리는 이 질문에서 어떤 답답
함을 느낀다. 정의를 추구하고, 정의를 믿는 것은 일견 당
연한 것처럼 보인다. 정의는 인간다움의 표상이고, 인간
존재가 함께 살아가기 위해 꼭 필요한 것이라는 사실을
부정하기는 힘들다. 그러나 그러한 당위가 곧바로 정의가
있다는 것을, 즉 정의의 원칙이 인간사를 가로지르고 있
음을 긍정하는 근거는 아니다. 우리의 현실은 언제나 '정
의의 당위'와 '정의의 실존'을 갈라놓는다. 종종 우리는 정
의를 찾을 수 없다는 냉엄한 현실을 확인하곤 한다. 정의
를 찾을 수 없는 가운데, 명백하게 우리 앞에 드러나는 것
은 정의를 가장하는 불의不義다. 정의는 모호하고 드러나
지 않는다. 바로 그것이 우리가 언제나 처하게 되는 현실,

이미 주어진 현실이다. 정의를 둘러싼 모든 주체성의 딜레마가 여기에 있다.

그러한 딜레마는 간단하게 해결될 수 있을 것 같아 보인다. 우리의 경험에 따라 정의란 없다고 단언하면 그만이다. 있는 것은 불의이고, 정의란 그 불의가 가져오는 참을 수 없는 고통이 만들어낸 상상적 결과물일 뿐이라고 말하면 그만이다. 우리가 해야 할 것은 그 불의를 최소한으로 줄이고자 노력하는 것이고, 정의란 현실을 엄연히 지배하는 불의의 반대급부로 주어진 순수한 규범에 불과하다고 말이다. 하지만 문제가 그리 간단하지만은 않다. 정의를 실현하는 것이 지극히 어려운 것과 마찬가지로, 불의를 그대로 용인하는 것 역시 그리 쉽지 않기 때문이다. 인간의 집단적 삶이 안정적으로 유지되기 위해서는, 어쨌든 정의라는 불가능한 이념을 작동시킬 필요가 있다. 그래서 종종 정의는 집단적 삶의 불변적인 원칙으로 규정되곤 한다. 그러나 그것이 정의를 공허함에서 구출하지는 못한다. 지배자들에 의해 선언되는 정의는 거개가 껍데기뿐인 정의, 불의를 감추기 위한 이데올로기적 장식에 불과한 거짓 정의이기 쉽다. 불의를 있는 그대로 정당화하는 것은 용납될 수 없기에, 모든 불의는 정의를 참칭하는 것으로 드러나기 마련이다. 실제로 우리는 빈번하게 거짓 정의와 참 정의를 구분해야 하는 골치 아픈 상황에 놓인다. 이쯤 되면 필연적으로 제기되는 근본적인 질문, 인류의 모든 사유가 결코 피할 수 없었던 어려운 질문을 던질 수밖에 없다. '과연 정의란 무엇인가?'

우선 철학을 불러내자. 가장 오래된 철학의 대작大作이자, 올곧이 정의의 문제에 바쳐진 플라톤의 《국가》는 우리가 앞서 말한 정의의 딜레마를 잘 보여준다. 케팔로스와의 대화에서 비롯된 정의의 문제는 소크라테스와 트라시마코스의 논쟁으로 이어진다. 올바른 것은 강자의 이익이라고 단언하고, 올바르지 못한 사람이 올바른 사람보다 더 나은 삶을 산다고 주장하는 당대의 소피스트 트라시마코스에 맞서, 소크라테스는 올바른 것이 반드시 강자에게 이익을 가져다주는 것은 아니며, 궁극적으로는 올바른 것이 올바르지 못한 것보다 더 낫다는 점을 하나하나 설명한다. 긴 논쟁 끝에 트라시마코스는 침묵한다. 이에 소크라테스는 이 대화를 통해 아무것도 알게 된 것이 없는 꼴이 되고 말았다고 투덜대며 대화를 마무리하려 한다. 그러나 《국가》 제2권에서 상황은 급변한다. 소크라테스를 따르는 두 청년, 글라우콘과 아데이만토스는 이 승리에 만족하지 못하고 스승에게 다시 질문을 던진다. 그들이 소크라테스에게 기대하는 것은 그저 적절한 반박으로 소피스트를 침묵에 빠뜨리는 것이 아니라, 그가 제기한 문제를 분명히 해결하는 데 있다.

젊고 똑똑한 제자는 언제나 무서운 법이다. 그들은 올바름, 즉 정의와 관련하여 트라시마코스가 제기한 문제를 아주 정교하게 다듬어 소크라테스에게 다시 안겨준다. 실제로 사람들은 올바르지 못한 것이 나쁘다고 말하지만, 그것이 이익이 되지 않는다고 생각하지는 않는다. 정말 나쁜 것은 올바르지 못한 일을 당하는 것이다. 그래서 사람들은 서로의 피해를 줄이고자 올바르지 않은 일을 하지 않기로 하고, 그것을 법률로 만들었다는 것이 글라우콘의 주장이다. 결국 정의는 어떤 약정, 올바르지 못한 것을 행하고도 처벌받지 않는 것과 올바르지 못한 일을 당하고도 보복할 수 없는 것의 중간항의 선택하는 것이라고 할 수 있다. 간단히 말해, 올바르지 못한 일을 함으로써 이익을 취하는 것은 능력의 문제로, 올바름을 실천하는 것은 그 반대의 행동을 할 수 없는 무능에서 비롯된 것일 뿐이다. 글라우콘은 만약 우리에게 '멋대로 할 수 있는 자유'가 있다면, 어떤 이도 올바름 속에 머무르려 하지 않을 것이라는 점을 명확하게 지적한다. 만약 사람의 모습을 감춰 보이지 않게 만들어줄 기게스의 반지를 손에 넣는다면, 올바르지 못한 짓을 저지르지 않을 사람은 아무도 없다. 자발적인 올바름이 아닌 부득이한 올바름만이 있을 뿐이라는 말이다.

중요한 것은 그다음이다. 글라우콘은 가장 올바르지 못

한 자와 가장 올바른 자를 분리하여 두 삶을 대비시킴으로써 각각의 삶을 판정하자고 제안한다. 가장 올바르지 못한 자는 실제로는 올바르지 못하면서도 가장 올바르게 '보이는' 자, 가장 올바르지 못한 짓을 하면서도 가장 올바르다는 '평판'을 얻는 자가 되어야 한다. 반면에 가장 올바른 자는 훌륭한 사람으로 보이기를 바라지 않고 실제로 훌륭한 사람이기를 바라는 자, 올바르지 않은 짓을 하지 않으면서도 올바르지 못하다는 악명을 떨침으로써 올바름의 시험대에 당당히 오를 수 있는 자여야 한다. 감산減算을 통해 대비를 만들어내는 글라우콘의 방법은 '가시성'을 토대로 구축되고 있다. 가장 올바르지 못한 것은 올바르게 보이고, 가장 올바른 것은 올바르지 못한 것으로 보이는 역전의 상황을 구축하여 두 삶을 저울질함으로써 올바른 것을 옹호할 경우, 다른 어떤 반론도 있을 수 없을 것이다. 여기서 문제는 어떻게 '보이느냐'이다. 이것은 가장 현실적인 접근인데, 실제로 우리의 경험이 보여주는 정의는 뒤집힌 정의, 정의로 둔갑한 불의인 경우가 다반사다. 결국, 가시적인 수준에서의 정의, 흔히 사람들이 정의라고 생각하는 것의 한계를 고려하면, 우리는 정의를 둘러싼 현실이 어떤 것인지 알 수 있다.

그런데 여기서 끝이 아니다. 그의 형제인 아데이만토스는 한술 더 떠 가장 권위 있는 고대 시인들의 노래를 인용하며 글라우콘의 요구를 더 엄밀하고 정확한 것으로 바꿔버린다. 문제가 되는 것은 다름 아닌 평판의 문제, 다른 이들에게 어떻게 '보이느냐'의 문제다. 사람들은 올바름을 그 자체로 찬양하기보다는 그 올바름이 만들어내는 명성을 찬양한다. 그 평판은 올바른 것으로 보이는 자에게 관직과 혼처 등의 많은 좋은 것들을 선사한다. 그러한 이익이야말로 사람들로 하여금 자신이 올바른 사람으로 보이게 노력하는 이유일 수 있는 것이다. 그가 강하게 환기하는 점은 올바름을 찬양했던 모든 사람들이 평판이나 명예 그리고 그것을 통해 생기는 선물(그 모든 가시적인 것들)과 관계없이 올바름 그 자체를 찬양한 적이 없다는 사실이다. 소크라테스에게 가해지는 압력은 엄청나다. 글라우콘보다 더 단호하게, 아데이만토스는 올바름이 올바르지 못함보다 더 낫다고만 말하지 말고, 올바름이 어떤 작용을 하기에 좋은 것이고, 올바르지 않음이 어떤 연유로 나쁜 것인지 밝히라고 요구한다. 평판은 배제되어야 한다. 그것은 올바름의 실재와는 정반대에 있기 때문이다. 이제 소크라테스는 올바름 그 자체를 설명해야만 한다. 그렇지 않으면 그는 올바른 것이 아닌 올바른 듯 보이는 것을 찬양함으로써 트라시마코스와 마찬가지의 주장을 하는 사람으로 낙인찍힐 것이다. 소크라테스는 위기에 처했다. 그것도 자신의 논적論敵이 아닌 자신을 추종하는 젊은 제자들에 의해. 현자 소크라테스는 이제 《국가》편을 구성하는 거대한 이야기의 출발점에 선다. 제자들이 부과한 어려운 시험대를 통과하기 위해 그는 철학을 구성하는 모든 주제를 가로지를 것이다.

내가 여기서 주목하는 것은 정의를 둘러싼 가시성과 비가시성의 문제다. 플라톤의 가정에 따르면 통상적으로 올바름의 문제, 다시 말해 정의의 문제는 가시적인 것의 수준에서 파악할 수 없는 것이다. 정의인 것처럼 보이는 것은 대부분 정의를 가장한 불의일 가능성이 크다. 진정한 정의, 올바름 그 자체는 '평판'이라는 가시적인 것을 통해 파악될 수 없다. 아데이만토스가 여러 시인의 입을 통해 정확하게 말하듯, 올바름은 화려한 행복의 길 위에 있지 않다. 오히려 올바름의 길은 멀고도 험하고 가파르기까지 하다. 올바름처럼 '보이는' 것은 그것이 가져오는 이득을 통해 동경의 대상이 되지만, 올바름 그 자체는 수많은 어려움과 고난을 우리 앞에 던져 놓는 것이다. 우리는 현실 속에서 그러한 예를 수도 없이 목격할 수 있다. 소위 여론은 올바른 것들을 거리낌 없이 저버리기 일쑤고, 거개가 올바르지 않은 것의 손을 들어주지 않는가? 종종 정의는 정의로 보이지 않는다. 정의는 때로는 어리석음으로, 때로는 불의로 비쳐진다. 올바른 것으로서의 정의는 지배적인 가시적 세계의 법칙에서 제외되어 있기 때문이다. 객관적인 법칙이 지배하는 세계는 정의를 알지 못한다. 정의는 세계를 지배하는 가시성 너머에 존재하기 때문이다. 가시적 세계의 법칙은 말한다. 우리에게는 다른 선택이 없다고. 정의의 실재를 추구하는 것은 불가능할 뿐 아니라, 종국에는 끔찍한 불의를 낳을 수밖에 없다고. 베케트를 따라 말하자면, 정의는 언제나 '잘못 보인다'. 정의는 언제나 진리의 범주에 속한 것이기 때문이다. 그렇게 진리로서의 정의는 지배적인 법과 대립하고, 법이 내세우는 거짓 정의의 먹이가 된다.

　의견(평판도 여기에 해당된다)이 지배하는 오늘날의 민주주의적 세계에서 이는 더욱 도드라진다. 이 체제에서 공인된 주체성은 물질적인 지배력과 재화의 활용에 근거한다. 모든 사람들이 경제적인 번영과 부의 축적을 옹호하는 가운데, 올바르게 사는 것은 올바른 것으로 인정되지 않는다(소크라테스의 젊은 제자들이 환기하는 것은 바로 오늘의 현실이다). 올바른 것은 부자로 사는 것 뿐이다. 내가 부자일 수 있다면, 나의 모든 것은 옳은 것으로 인정되기 쉽다. 삶을 평가하는 기준은 나의 이익에 있고, 그것에 어긋나는 모든 것은 정의가 아니다. 모든 정의는 '나'라는 이기적 자아의 정의, 나의 물질적 행복과 풍요를 위한 정의가 된다. 그것이 오늘날의 자본주의를 떠받치는 타락한 민주주의적 세계의 지배적 주체성이다. 결코 허황된 말이 아니다. 이 말이 허황되다면 불의를 저지르는 강자가 언제나 부와 권력을 움켜쥐는 일은 없어야 한다. 그러나 오늘날 세계에서 그것은 그저 흔하디흔한 '일상'일 뿐이다. 대부분의 경우에, 사람들을 지배하는 것은 지배적 의견, 곧 지배 이데올로기의 힘이다. 그 힘은 '정의'의 힘보다 훨씬 강해서, 정의와 불의의 관계를 왜곡한다. 정의는 초라한 외양을 한 패배자의 형상을 닮아있는 반면, 불의는 제 화려한 외양으로 모두를 끌어당긴다. 그와 같이, 올바르지 않은 것을 올바른 것으로 만드는 힘은 가시적인 것의 힘이다.

가시적인 것의 법칙에 입각했을 때, 트라시마코스의 주장은 결코 틀린 것이 아니다. 그 법칙에 따르면, 정의는 그저 나쁜 것, 고통스러운 것이 될 뿐이다. 그러나 우리가 그 법칙에서 벗어나 비가시적인 것, 잘못 보이는 것으로서의 정의에 가 닿을 수 있다면 사태는 역전될 수 있다. 이제 여기서 시를 불러내자. 내가 선택한 시는 너무나 잘 알려진 신동엽의 〈껍데기는 가라〉다. 흔히 민주주의에 대한 열망을 담은 시로 알려진 신동엽의 작품은 오늘날 낡디낡은 옛 읊조림으로 치부되기 쉽다. 하지만 가시적인 불의와 비가시적인 정의의 관점에서 보면, 이 시를 세우는 시어詩語들은 다른 새로움을 우리 앞에 드러낸다. 우선 "껍데기"와 "알맹이"가 있다. 드러나는 "껍데기"와 그것에 감춰져 보이지 않는 "알맹이"는 가야 할 것과 남아야 할 것으로 지칭된다. 그리고 껍데기가 반복되는 가운데 "동학년 곰나루의, 그 아우성"이 등장한다. 이제는 보이지 않는, 울림마저 가물가물한 "아우성"이다. "두 가슴과 그곳까지 내논"이라는 구절 역시 비가시적인 것("알맹이")의 드러남을 말하고 있다. 이 시는 "향그러운 흙가슴"과 번쩍임으로 눈을 파고드는 "쇠붙이"의 대비로 마무리된다. 가시적인 것을 밀어내는 가운데, 비가시적인 것을 드러내라는 명령은 이 시를 정체성에 얽매이거나 정체성을 중심으로 분별된 민족이 아닌, 명확한 증거도 없고 분별할 수도 없는 '비가시적인 민족("아사달과 아사녀", "중립의 초례청")'의 정의 선언으로 만든다. 이때, 정의는 비가시적인 것의 드러남, 가시성의 법칙에 비추어 '잘못 보이는 것'의 드러남이라고 할 수 있다.

정의를 드러내는 것은 가시적 세계의 법칙에서 벗어나는 일이다. 말하자면, 정의란 그 법칙에 의해 끊임없이 교란되고 억압당하는 '비가시적 예외'이자, 우리가 살아내는 세계의 밑바닥에서 거칠게 숨을 이어가는 '내재적 예외'인 셈이다. 가시적 세계의 법칙에서 벗어나, 그러한 예외를 받아들일 때, 비로소 우리는 정의로 나아갈 수 있다. 모든 의견(평판)과 외관에서 벗어날 것을 요구한 철학자, 그리고 단단한 "껍데기"와 눈 시린 "쇠붙이"를 내치고자 했던 시인이 공통적으로 말한 것은 바로 그것이리라. 요란하게 치장된 객관적 세계의 결박에서 풀려나 일찍이 본 적 없는, 비가시적인 것으로만 드러나는 정의의 이념으로 나아가기 위해서는 '잘못 보이는 것'에 근거하여 새로운 정의의 차원을 열어내는 것이 필요하다. 바로 그때 수립되는 것이 정의의 주체성이다. 객관적인 세계에 의존하지 않고, 모든 외관의 가시성을 밀어내고 잘못 보이는 것에 대한 확신을 열어나가는 주체성. 그것이 없다면 정의는 요원하다.

읽어볼 만한 책
바디우, 《철학과 사건》, 오월의봄, 2015
바디우, 《메타정치론》, 이학사, 2018
플라톤, 《국가·정체》, 서광사, 2005

7장 시와 철학

Penser

—반反-모방의 사유

à l'obscurité

플라톤은 《국가》에서 시(예술)와 철학을 가시성과 비가
시성의 문제를 두고 대립하는 두 가지 실천으로 간주하면
서 정의의 문제를 진리와 관련지어 논구했다. 그 대립은
철학을 진리 쪽에, 시를 의견 쪽에 배치하면서 확정되었
다. 플라톤은 진리와 정의를 매개로 하여 시의 패배와 철
학의 승리를 선언하는 것처럼 보인다. 20세기 후반 이후,
철학의 흐름은 시와 철학의 대립을 해소하는 방향으로 움
직인다. 언제부터인가 철학은 이성 중심주의적인 진리관
을 비판하면서, 시로 눈을 돌려 다른 진리의 흔적을 찾고,
그동안 비가시적인 것으로 남아있던 '새로운 진리'를 발견
하려 애쓰기 시작한다. 새로운 정치를 기획하고 과학적
탐구를 신뢰하던 철학이 다시금 시로 우회하려 하는 것이
다. 시를 통해 존재의 의미를 찾고, 시가 제시하는 사유의

통로를 탐험하고자 하는 것이 오늘날 철학의 모습이라고 할 수 있다.

오늘날 그 오랜 플라톤주의의 폐해는 극복된 것처럼 보인다. 적어도 이성 중심주의로 무장한 철학은 이제 더 이상 철학적 사유의 유일한 길이 아니다. 시는 합리주의로 경도된 철학에 비수를 꽂았고, 과학의 이름으로 행해진 대상화의 폭력에 대한 근본적인 비판을 적절히 수행했다. 절대적인 것으로 여겨졌던 과거의 진리는 이제 더 이상 설득력을 갖지 못하는 폭력적인 보편으로 여겨진다. 그것이 현대의 철학적 사유가 갖는 일반적인 경향이다. 그러나 니체에서부터 출발하는 '플라톤주의의 극복'은 과연 적절한 명명일까? 시와 철학이 만들어냈던 저 오랜 불화가 단지 시 앞에 무릎 꿇은 철학이라는 이미지를 통해 해소되는 것일까? 문제는 그리 단순하지 않다. '시의 물신주의'에서 벗어나 그 대립의 지점을 정확하게 파악하지 않는다면, 그토록 찬탄 받아 온 '시가 드러내는 존재의 의미'란 그저 타락한 정치적 구호와 그리 다르지 않을 게다.

처음부터 다시 시작해야 한다면, 어쩔 수 없이 우리의 출발점은 플라톤이다. 시와 철학의 대립을 결정적인 것으로 만든 바로 그 플라톤 말이다. 표면적으로 플라톤은 모방에 반대하여 진리를 내세운다. 《국가》에서 정확하게 서술되는 것처럼, 그에게 모방의 행위란 진리와 가장 거리가 먼 것이고, 시는 바로 그러한 모방의 행위에 속한다. 정의의 문제와 관련하여 젊은 제자들의 압박에 시달린 작중 소크라테스는 그 문제를 국가라는 큰 틀에서 다룰 것을 제안한다. 《국가》 제2권에서 그는 국가의 기원을 사회적 분업에 의한 결과로 파악한다(사회적 분업을 통해 역사를 파악하는 마르크스의 《독일 이데올로기》를 연상시키는 대목이다). 사람들의 여러 가지 필요를 충족시키기 위한 분업이 발생하는 가운데 국가가 구성되고, 그 국가 안에서 다양한 직업이 생겨나는데, 그중 마지막에 등장하는 것이 나라를 관리하고 통치해야 할 '수호자'들이다. 그리고 국가의 가장 중요한 일꾼인 수호자들을 훌륭하게 만들기 위해서 결정적인 것이 교육이다. 그 국가가 올바른 방향으로 나아가기 위해서는 올바른 수호자가 필요하기 때문이다. 시가 등장하는 것은 바로 이 지점이다. 교육의 기능을 수행하는 첫 번째 요소로서의 시.

플라톤이 시에 대해 이야기할 때, 그는 교육적인 견지에서 사실적인 것과 허구적인 것을 포함하는 이야기들 logoi을 모두 시로 간주한다. 어린아이들에게 들려주는 이야기는 사실적인 것이 어느 정도 포함된 허구적인 이야기로서의 설화mythos이고, 그런 이야기로서의 시는 영혼을 위한 훌륭한 교육 수단이 된다. 그래서 플라톤은 시를 수호자 교육을 위한 출발점으로 삼는다. 그렇다면 아이들에게 전해지는 첫 번째 교육을 아무 이야기나 들려주는 것으로 시작할 수는 없는 일이다. 아이들은 섬세하고 유연하여, 교육자가 새겨주고자 하는 것을 가장 잘 받아들이기에, 아무렇게나 지어낸 이야기들을 닥치는 대로 듣게 하는 것은 신중하지 못한 일이다. 자칫 잘못하다간, 아이들의 영혼에 새겨져야 할 미덕과는 정반대의 생각들이 그들을 지배하게 될 것이다. 여기서 '예술(가)에 대한 감독'이라는 악명 높은 테제가 나온다. 설화 작가들이 만들어내는 이야기가 훌륭한 경우에는 그것을 받아들일 수 있지만, 그렇지 않다면 그 이야기들을 버려야 한다. 그런 규정을 통해 플라톤은 대단히 담대한 도발을 감행한다. 고대 그리스의 정신적 아버지인 호메로스와 헤시오도스의 이야기들을 문제 삼으면서, 플라톤은 그 이야기들이 성장하는 어린아이들의 영혼에 부정적인 영향을 끼친다면 마땅히 거부되어야 한다고 강하게 주장한다. 플라톤의 이러한 도발은 그리스의 위대한 시인들을 부정하는, 전례 없이 과감한 '부친 살해'라고 말해야 한다.

　플라톤이 문제 삼는 것은 우선 당시의 시가 담고 있는 거짓말이다. 신을 닮은 것을 그려내면서도 전혀 신과 닮지 않은 것을 말하는 설화 작가들의 허구는 신들이 나쁜 짓을 저지르는 장면을 그대로 보여줌으로써 올바르지 못한 것을 아무렇지도 않게 받아들이게 한다는 것이다. 플라톤에 따르면, 그리스의 서사시에 무척 자주 등장하는 신들 사이의 전쟁과 음모, 질투와 증오 등의 온갖 나쁜 것들은 나라를 통치할 수호자들의 교육에서 완전히 배제되어야 한다. 신은 좋은 것의 원인이어야 할 뿐, 나쁜 것의 원인일 수 없으니, 호메로스 등의 시인들이 생각 없이 한 말들을 받아들여서는 안 된다. 그것을 받아들인다면 올바름(정의)을 실현하는 것은 전혀 불가능한 일이 되고 만다. 더 나아가, 플라톤은 《국가》 제10권에서 시를 멀리해야 하는 이유에 대해 말한다. 그에 따르면 시는 인간 행위에서 드러나는 괴로움이나 기쁨을 모방한 것인데, 이는 훌륭한 사람의 덕목과는 거리가 있다. 훌륭한 사람은 불행을 당했을 때 괴로움의 감정을 적절하게 절제할 줄 알기 때문이다. 훌륭한 사람의 이성은 괴로움과 싸우며 저항한다. 그것이야말로 이성의 특징이다. 괴로움에 저항하는 이성과 다르게, 감정은 인간을 괴로움 쪽으로 이끈다. 괴로워하는 것은 자신의 일을 이성적으로 처리하는 데 방해가 될 뿐이다. 플라톤은 나쁜 일에 빨리 대처하도록 영혼을 훈련시키는 것이 중요하다고 말한다. 감정을 모방하는 시는 그러한 수호자의 교육에 적절치 않다는 것이다.

결국 문제는 모방 그 자체라기보다는 시인의 모방이라 할 수 있는 감정의 모방이다. 올바름은 모방하기 쉽지 않을뿐더러, 언제나 낯설다. 분별력 있고 침착한 성격을 가진 이는 언제나 자기 자신을 잃지 않는다. 올바름을 모방하기는 무척 힘들고, 모방하더라도 이해하기 어렵다. 축제 집회 때 극장에 모여든 사람들은 특히나 그러한 모방을 이해하지 못할 것이라고 플라톤은 말한다. 그것은 그들에게 낯선 것들에 대한 모방이기 때문이다. 시인의 모방은 훌륭한 나라, 정의가 지배하는 나라에서 받아들여지지 않을 것이다. 플라톤은 시인을 단죄한다. 시인들은 단지 영혼의 변변찮은 부분을 일깨우고 강화함으로써 이성적인 부분을 파멸시킨다는 것이다. 어린아이의 교육에서 결정적인 역할을 하는 시는 그러한 부정적인 요소를 가질 수 있기에 철저한 감독 아래 있어야 한다고 플라톤은 힘주어 말한다. 그때, 플라톤이 경계하는 시의 모습이 무엇인지 정확하게 드러난다. 결국 플라톤이 논박하는 '시'란 인간 행위에서의 괴로움이나 기쁨과 같은 감정을 모방하는 시일 것이다. 바로 그것이 결정적인 지점이다. 플라톤이 그토록 폄훼해 마지않는 시는 격정적인 감정의 모방으로서의 시라고 말해야 한다. 그가 멀리하려는 '시'는 분별력을 잃게 만드는 시, 거짓 진리의 유포자로서의 시다. 좀더 정확하게 말해보자. 플라톤에게 결정적인 것은 시 그 자체라기보다는 시가 가져오는 효과, 감정의 모방으로서의 시가 피교육자에게 가져다주는 부정적인 효과이다. 그렇기에, 그는 시 또는 이야기 그 자체를 배격하지 않는다.

플라톤이 시 자체를 거부했다고 말하기는 힘들다. 오히려 그는 시를 통해 사유의 통로를 잘 열어내곤 한다. 바디우가 《비미학》에서 적시하듯, 플라톤은 사유의 한계에 가닿을 때마다 신화와 이야기, 이미지 등을 동원한다. 그가 《파이드로스》에서 문자를 비판할 때 동원하는 것은 다름 아닌 이집트의 신화다. 마찬가지로 그는 에르Er의 신화에서 나타나는 올바름과 올바르지 않음에 대한 경구로 《국가》를 끝맺는다. 또한 그는 선의 이데아를 설명하기 위해 '태양'의 시적 이미지를 차용하기도 한다. 그런 점에서 플라톤이 '말할 수 없는 것'에 대한 언어적 규정을 시적인 것에 빚지고 있다는 바디우의 주장은 옳다. 단지 플라톤이 경계하는 것은 무분별한 모방으로서의 시, 인간이 가질 수밖에 없는 나쁜 감정을 모방하는 시일 것이다. 시의 모방하는 특성은 나쁜 것을 그럴듯하게 보이게 함으로써 영혼을 보잘것없는 상태로 몰아가기에 시는 철저한 감독을 받아야 하고, 그러한 감독의 역할은 진리에 대한 판별을 행하는 철학에게 주어진다.

플라톤 당시의 그리스에서 시가 차지하던 위치를 생각한다면, 플라톤의 이러한 판단이 그리 틀린 것만은 아니라는 사실을 알 수 있다. 시는 변론을 구성하는 수사학의 기초다. 변론술을 이루는 수사학은 시적 산문을 통해 대중을 설득하는 기술이었고, 그 설득이란 시적인 매력을 통해 듣는 이의 감정에 호소하는 것에 불과하다. 대중을 감동시키고 설득함으로써 자신의 목적을 이루는 변론술의 근저에는 시가 자리 잡고 있었다. 말하자면, 고대 그리스의 모든 공적 활동에서 시는 필수 불가결한 요소였다. 플라톤이 국가와 통치라는 공공의 영역에서 그토록 시를 문제 삼는 것은 바로 고대 그리스의 시가 일종의 부정적인 정치적 기능을 수행했기 때문이다. 어떤 주장이 옳은지 그른지는 중요하지 않다. 중요한 것은 설득이다. 그 설득을 위해 필요한 것은 의견을 움직이는 시적인 수사였다. 하지만 그런 수사는 사유와 걸맞지 않다. 시는 사유가 아닌 어떤 것이다. 따라서 플라톤은 《국가》 제10권에서 올바름을 정확하게 판별하는 진정한 사유의 기능, 즉 수학적 사유의 기능(측정, 측량, 계량)을 요구했던 것이다.

그런 선택의 옳고 그름을 따지는 것과 별개로 우리는 플라톤이 파악했던 시 그 자체에 대한 질문을 던질 수 있다. 과연 플라톤이 통제하고자 했던 시는 오늘날의 시와 같은 것인가? 그렇지 않을 것이다. 현대시는 모방에서 벗어나 사유를 구축하고자 하는데, 그 시도는 어떠한 모방으로도 가닿기 힘든 불확정적인 시적 언어, 말할 수 없는 것을 탐험하는 시적 언어를 통해 이루어진다. 바디우가 《비미학》에서 말하듯이, 19세기에 등장한 현대의 시는 모방의 질서에서 완전히 벗어나 예술 작품을 통해 가능한 예술 고유의 이념idea을 생산한다. 바로 그 이념이야말로 예술적 사유를 구축하는 기본적인 요소일 것이다. 그래서 현대의 시는 모호하고 분별 불가능하며 더 나아가 일반적인 어법의 테두리를 벗어난다. 분명 이러한 현대시의 경향은 가시성에 지배당하는 고대의 시와는 전혀 다른 것이라 할 수 있다. 오히려 현대시의 이념은 비가시적인 것을 드러내고 모호한 것에 접근하는 시적 언어에 의해 구성된다. 그렇게 볼 때, 플라톤이 통제하고자 했던 시와 현대의 시를 등치하고, 현대시를 근거로 플라톤을 비판하는 것은 그다지 설득력이 없다. 오늘날 시는 고대의 시와 전혀 다른 것이 되어 있다. 그런 점에서 플라톤의 패배 또는 플라톤주의의 극복을 이야기하는 것은 무의미하다. 오히려 가시성과 모방의 질서를 극복한 현대시는 그 자체로 플라톤의 승리를 보여주는 징표라고 말해야 할 수도 있다. 현대의 시가 반反 모방anti-mimesis으로 점철되어 있다면, 그것은 또한 플라톤주의적인 원리로 무장한 시라고 말해도 무방하기 때문이다. **시의 승리는 또한 플라톤의 승리이기도 한 것이다.**

시와 플라톤을 최대한 근접시키는 이 해석은 확실히 역설적이다. 그러나 모방으로부터의 거리두기라는 관점에서 본다면, 시와 플라톤이 모두 승리했음을 확인하는 것은 그다지 어려운 일이 아니다. 따지고 보면 애초에 '승리' 또는 '종말'이라는 주제는 그다지 적절치 않다. 과연 시인의 추방을 기획했던 플라톤은 승리했는가? 그것은 확실하지 않다. 철학은 언제나 다른 사유에 기대기 때문이다. 시와 결별하기 위해 플라톤은 수학적 사유에 기댈 수밖에 없었고, 플라톤 이후에도 철학은 정치와 과학 그리고 신학에 의지해야 했다. 철학이 홀로 승리한 적은 사실상 없었다. 오랜 시간을 돌아 시적인 사유는 다시 이어진다. 오랜 정체의 늪에 빠졌던 시는 19세기에 이르러 화려하게 돌아왔다. 그러나 그것은 이전과는 전혀 다른 시, 플라톤이 강하게 요구했던 반-모방의 원리로 무장한 시였다. 플라톤적 '이념'의 귀환이라는 점에서, 시의 승리 역시 모호하기는 마찬가지다. 여기서 우리는 최종적인 승리 또는 종말이 아닌 어떤 사유의 순환을 목격한다. 그 순환 속에서, **시는 플라톤을 통해 플라톤을 극복한다**. 반-모방이라는 플라톤의 원리를 통해 플라톤의 선고를 이겨내기 때문이다. 그것이 반-플라톤주의라는 껍질을 쓰고 있더라도 결과는 크게 다르지 않다. 시가 모방을 극복하고 시적 이념을 통해 사유로 나아가는 한, 시는 플라톤과의 공모 관계를 지우기 힘들다. 플라톤은 사유가 아니라는 이유로 시를 끌어내렸지만, 현대시는 사유로서 플라톤의 철학과 공명한다. 그도 그럴 것이, 새로이 등장한 시는 더 이상 모방이나 허구가 아닌 존재에 대한 사유 그 자체다. 마치 수학의 수수께끼와도 같은 시의 수수께끼는 사용 (불)가능한 언어의 배치를 최대치로 끌어올려, 존재의 비일관성에 대한 번뜩이는 통찰을 제시하고, 시에게 씌워졌던 모방의 굴레를 일거에 사라지게 했다. 시는 모방과 허구가 아닌 전대미문의 언어적 통찰을 통해 자기 자신을 버림으로써 힘겨운 승리를 거둔 것이다. 철학은 시에 그에 합당한 찬사를 보낸다. 모방으로부터 벗어난 그 시가 사유를 가능하게 하는 시적 이념을 만들어내기 때문이다.

우리에게 위대한 시가 있다면 그것은 자유의 노래로서의 시, 존재에 드리워진 올무를 벗고 자유로 비상하는 시일 것이다. 아니, 어쩌면 그 자유의 사슬마저 끊어버리는 시, 물신화된 자유로부터 끊임없이 탈출하는 시, 자유의 굴레마저 파괴하는 자유의 시야말로 우리가 전에 보지 못했던 시의 새로움일 것이다. 플라톤이 열망했던 정의가 출현하는 것은 바로 그러한 자유, 어떤 속박에도 얽매이지 않는 비일관적 자유 안에서일 것이다. 그것은 모방이 아닌 사유의 질서에 속한 것이고, 그것을 통해 올바름, 즉 정의의 길을 모색하는 과제가 우리에게 주어진다. 그렇게 시의 길과 철학의 길은 마침내 만나는 것이다.

읽어볼 만한 책

바디우, 《비미학》, 이학사, 2010
바디우, 《철학과 사건》, 오월의봄, 2015
플라톤, 《국가·정체》, 서광사, 2005

8장 자유에

Penser

대하여

à l'obscurité

개인에게 있어서도 나라에 있어서도 지나친 자유는
　　지나친 예속 이외의 다른 어떤 것으로도 바뀌지 않을 것 같으이.
　　　　　　　　　　　　　　　플라톤,《국가·정체》

　'자유'처럼 모호하고 어려운 단어는 없다. 우리는 자유
로운 삶을 항상 말하고 있지만, 그런 삶을 쉽게 떠올리지
는 못한다. 우리는 '인간은 자유롭다'는 수사를 지겹도록
들었지만, 항상 무언가에 매여 있음을 안다. 우리 모두는
자유를 항상 칭송하지만, '자유로운 남자', '자유로운 여자'
의 무책임을 기꺼이 비난한다. 그렇게 사람들은 자유를
상찬하는 동시에 비난하고, 동경하는 동시에 혐오한다.
우리가 살아가는 이 세계를 보자. 오늘날 절대적인 정치
체제로 간주 되는 이른바 '자유민주주의'는 우리에게 가
장 많은 자유를 허락하는 것처럼 보인다. 우리는 자유롭
게 자신의 의견을 개진할 수 있고, 자신이 지지하는 정당
을 민주주의적인 선거를 통해 자유롭게 선택할 수 있다.
더 적극적인 자유 역시 보장된다. 우리의 헌법은 누구나

당국의 허가 없이 시위를 조직할 수 있고, 결사를 구성할 수 있음을 명시하고 있다. 헌법의 원칙상 어떠한 권위도 우리를 속박할 수 없고, 모든 삶은 자유에 입각한 민주주의적 원칙으로 조직된다. 자유로운 의견의 개진은 마침내 일상적인 일이 되었고, 근거 없는 권위는 배척받기에 이르렀다. 그러나 이 자유의 군림이 우리의 민주주의를 더 튼튼히 하는 것은 절대 아니다. 오히려 민주주의는 점점 더 왜곡되고 파괴되는 와중에 있다고 말해야 한다. 무엇보다 정치의 영역에서, 절차적 민주주의는 단지 형식적인 것에 머무르고 있다. 인민의 기본권은 무시되기 일쑤고, 권력은 권위로 복귀하는 것을 넘어 공공연하게 폭력을 행사하기도 한다(우리는 모두 그것을 생생하게 목격했다). 자유를 구가하는 것은 퇴행적이고 보수적인 권력 집단과 거대자본으로 대표되는 과두 세력oligarchy뿐이다. 소외되고 배제된 사람들에게 주어진 정치적 자유란 실로 미미하다. 그들은 기껏해야 그 알량하기 짝이 없는 표현의 자유(한심한 댓글을 달 자유), 이따금 돌아오는 선거에서 자신의 지지 정당을 선택할 자유 정도밖에는 갖지 못한다.

　망국적인 극우주의 신봉자들의 공허한 자유 숭배와는 전혀 다르게, 이 민주주의적 세계를 실질적으로 지배하는 자유는 엄격하게 제한된 것이다. 우리가 살고 있는 이 세계에서 자유란 단지 시장에서의 자유, 다시 말해 사고파는 자유일 뿐이다. 부富의 순환과 축적을 위해 무엇보다 필요한 것이 바로 그 자유다. 이 교환의 세계에서 '자유롭다'는 말은 나에게 속해 있는 것, 내가 가진 것을 내 마음대로 처분할 수 있다는 것을 의미할 뿐이다. 생산된 상품을 시장에서 원활히 교환하기 위해 필요했던 것이 바로 그 자유이다. 그렇게, 이 자유는 무언가 처분할 것을 가지고 있는 자의 자유, 가진 자의 자유일 뿐, 자신의 몸뚱이 밖에 가진 것이 없는 이들에게는 별반 의미가 없다. 그들에게 주어진 자유는 단지 자신의 노동력과 시간을 팔 자유, 극악한 노동 조건을 기꺼이 받아들여 자신에 대한 착취를 적극적으로 승인하는 '예속의 자유' 뿐이다.

결국 이 자유는 철저하게 가진 자들에게만 허락된 자유, 자본주의적 세계의 법칙에 따라 제한된 자유에 불과하다. 실제로 이 자유는 철저히 한쪽으로만 쏠려있다. 힘 있는 자들은 자신에게 허락된 자유를 마음껏 누리면서 자신을 살찌우지만, 힘없는 자들은 잔인한 생존의 논리에 짓눌려 철저히 몰락하고 만다. 결국 자유는 세계를 둘로 나눈다. 무한한 자유를 가진 사람들과 어떤 선택도 없이 자유로 강제된 사람들로. 이 자유의 세계에 근원적인 자유란 없다. 단지 사고파는 자유로 철저히 제한된 초라한 자유만이 있을 뿐이다. 그것이 오늘날 우리가 목도하고 있는 자유의 이율배반이다.

플라톤은 그러한 자유의 어두운 측면을 아주 잘 파악하고 있었다. 우리가 주목해야 하는 것은 민주 정체에 대한 그의 집요한 힐난 그 자체가 아니라, 그 근저에서 작동하는 자유에 대한 비판이다. 그는 《국가》 제8권에서 여러 가지 정체政體에 대한 비판을 시도하는 가운데 무분별한 자유를 근본적으로 문제 삼는다. 그에게 자유는 모든 정치 체제를 타락시키는 원동력이다. 그것을 플라톤은 '멋대로 할 수 있는 자유'라고 부른다. 플라톤이 문제 삼는 것은 과두정에서 나타나는 '사고파는 자유', 자신의 모든 것을 처분할 수 있는 자유다. 원래 자신의 사유재산을 몽땅 팔아치우는 것이 금지되어 있었던 고대 그리스에서 그것이 가능해진 것은 최대한 부유해지고자 하는 욕망, 물질적인 수준에서 파악된 '만족할 줄 모르는 욕망' 때문이었다. 부자들의 통치는 젊은이들로 하여금 절제를 망각하게 했고, 재물을 낭비하거나 탕진하는 것을 금지할 수 없게 했다. 그러한 일반화된 무절제가 많은 이들을 가난으로 몰아넣었고, 마침내 젊은이들을 빚더미에 올라 앉게 만들었다는 것이다. 이렇게 사회가 양극화되고, 가난한 사람들이 부자들과의 싸움에서 승리했을 때, 민주 정체가 도래한다고 플라톤은 단언한다. 그러나 그러한 정체의 전환이 사태를 수습할 수 있는 것은 아니다. 민주 정체에서의 자유의 일반화는 그저 무절제한 자유의 지배를 가능하게 할 뿐이다. 말하자면, 민주 정체는 '멋대로 할 수 있는 자유'가 모든 영역에 관철되는 체제인 셈이다.

사실 '자유의 체제'로서의 민주 정체는 그다지 나쁜 것처럼 보이지 않는다. 각자가 원하는 대로 살아가는 다양한 삶이 공존하고, 무엇이든 말할 수 있는 자유가 있는, 민주 정체는 그 다채로움을 자신의 힘으로 삼아 스스로를 지탱한다. 플라톤도 언급하듯이, 다양성이 지배하는 이 정체는 그 자체로 아름다운 것처럼 보인다. 그러나 플라톤은 그 다양성을 용인하지 않는다. 그에게 문제는 이 체제의 자유가 허용하는 다채로운 쾌락이 불필요한 욕구를 부추겨 사람들을 해로움으로 이끈다는 데 있다. 플라톤은 이 정체의 자유가 만들어낸 불필요한 욕구가 사람들의 영혼을 점령하여, 그들이 불필요한 즐거움을 위해 자신의 모든 삶을 바치며 살아가게 된다고 신랄하게 비판한다. 모든 절제력은 사라지고, 마침내 자유마저 사라진다. 민주주의적 인간은 자신의 쾌락에 붙들려, 매일 이리저리 기웃거리면서 어떤 의미도 없이 제 삶을 낭비할 것이다. 플라톤에게 민주주의적 인간은 아무런 방향 없이 그저 한순간의 무분별한 즐거움에 매여 시간을 보내는 덧없는 존재일 뿐이다. 이렇게 그는 문제를 간단하게 정리한다. 민주 정체가 보장하는 자유는 무분별한 쾌락을 추구하게 함으로써, 결국 모든 영혼을 나락으로 이끄는 낯선 힘이 되어버린다. 결국 그 자유란 누구의 통제도 받지 않고 '멋대로 할 수 있는 자유'다. 모든 즐거움을 누릴 수 있는 자유. 끝없는 쾌락을 향해 질주하는 자유. 그러한 무분별한 자유는 역설적으로 영혼으로부터 근원적인 자유를 박탈하고 마침내 그 영혼을 타락과 파멸로 몰고 간다. 자유의 과잉은 자유 자체를 무너뜨리는 셈이다.

이러한 플라톤의 주장을 비판적으로 전유해보자. 우선, 플라톤에게 문제가 되는 다양성은 모든 존재의 근원적 양상이다. 그것을 철폐할 수는 없다. 다양성 없는 삶은 상상조차 하기 힘들다. 그러나 다양한 것은 몰지각한 것과 다르다. 우리가 눈여겨봐야 하는 것은 플라톤이 말한 것과 상당히 유사하게, 오늘날의 '민주주의적 자유'가 다양성보다는 몰지각함을 제 특징으로 삼는다는 점이다. 다양한 삶은 결코 문제가 되지 않는다. 정말 문제가 되는 것은 자유의 전적인 지배가 삶을 망가뜨리는 몰지각함으로 이어지고, 궁극적으로는 자유 그 자체를 파괴한다는 점이다. 이 주장에는 설득력이 있다. 그러나 불필요한 욕구에 대한 플라톤의 비판은 오늘날 민주주의적 자유가 철저히 의존하는 자본주의적 교환 그 자체에 대한 비판으로 나아갈 때만 의미가 있다. 잘 알다시피, 이 교환은 필요에 의한 교환에 그치지 않고, 부의 무한 축적을 위한 교환, 그 결과로 주어질 덧없는 물질적 쾌락을 위한 교환으로 나아간다. 플라톤이 말하는 '멋대로 할 수 있는 자유'란 무엇보다 맹목적인 쾌락을 위한 자유, 쾌락을 위한 교환을 무제한으로 승인하는 자유로 해석되어야 한다. 불필요한 욕구는 필연적으로 무사유의 징후로서의 맹목적 쾌락과 연결되는 것이다. 게다가 그것은 오늘날 편의와 유용함이라는 실용적 외양으로 사람들에게 어떤 착시를 불러온다. 마치 불필요한 것이 필수 불가결한 것이라도 되는 것처럼, 사람들은 그 불필요한 것들을 필사적으로 손에 넣고자 한다. 그렇게, 자본주의적 교환은 유용성과는 별반 관계가 없는, 맹목적인 쾌락을 위한 맹목적인 교환에 불과하다.

그 맹목적인 쾌락의 추구를 근본적으로 비판했던 인물이 바로 마르크스였다. 그의 사유는 자본주의적 교환의 법칙을 해명하는 것에서 출발하여, 이윤을 위한 맹목적인 자본 증식이 무정부적인 생산으로 이어져 마침내 사회를 파국으로 몰고 가는 과정을 잘 보여주었다. 그 모든 과정의 근원에는 바로 '사고파는 자유'가 있다. 그 자유는 모든 맹목적 욕구의 원인이며, 자본주의를 기다리는 주기적이고 파국적인 위기의 산파라고 말해도 과언이 아니다. 확실히 오늘날을 지배하는 것은 자유다. 오늘을 살아가는 모든 인간은 온갖 쾌락을 미끼로 그 자유에 철저히 예속당한 존재들이다. 역사상 이렇게도 많은 쾌락이 가능한 시대는 없었다. 그러나 그 수많은 쾌락은 그저 교환되는 것일 때만, 대체 가능한 것일 때만 의미가 있다. 오늘의 쾌락은 순환의 대상이다. 하나의 쾌락은 다른 쾌락으로 대체되고, 그 대체 과정은 무한하게 이어진다. 쾌락의 무한 연쇄야말로 가장 강력한 자본주의적 교환의 힘이다. 오늘의 쾌락이 가면 내일의 쾌락이 다가올 것이다. 무분별한 교환의 자유는 쾌락 그 자체를 일회적인 것으로 소모하기 위해 부과되는 삶의 이념이 된다. 하나의 쾌락이다 한다 하여 슬퍼할 필요는 없다. 또 다른 쾌락을 사들이는 것으로 충분하다. 당신이 그 사고파는 자유 안에 있는한, 당신은 모든 종류의 쾌락을 누릴 수 있다. 그렇게 자본주의는 명령한다. 그 쾌락을 위해 당신의 모든 것을 바치라고. 그렇게 모두는 역설적으로 자유의 노예가 된다.

　민주주의적 자유의 항상적恒常的인 딜레마는 자유 자체를 제한하는 동시에 다른 정치적 이념 역시 제한할 수밖에 없다는 데 있다. 궁극적으로 '사고파는 자유'를 최상의 것으로 삼는 오늘날의 자유는 다른 자유를 언제든 제한 가능한 것으로 만들면서(다시 말해, 자유 그 자체를 한계 지어진 것으로 규정하면서), 다른 중요한 정치적 이념들, 예를 들어 '평등'과 '정의' 등의 이념을 한낱 자유의 장식물로 만든다. 모든 평등과 정의는 자유의, 자유에 의한, 자유를 위한 평등과 정의(자유로운 거래에서의 등가 교환, 이른바 '경제 정의' 등)일 따름이다. 그렇게 모든 정치적 이념은 자유를 통해 조정되거나 제한되고, 그 한계를 넘어서고자 하는 모든 시도는 위험한 범죄적 행위로 단죄된다. 오늘날, 자유는 평등이나 정의를 위해 희생될 수 없는 지고의 이념인 동시에, 모든 정치적 이념을 규제하는 자유민주주의의 한계점이다. 그러나 진정한 자유란 그런 식의 자유와는 아무 관련도 없다.

진정한 자유에 대한 사유가 적나라하게 드러나는 것은 역설적으로 시의 영역에서다. 모름지기 시는 모든 것들로부터 자유로운 인간 영혼의 표현일 것이다. 시는 어떠한 한계에도 복종하지 않으면서, 다른 어떤 것도 복종시키지 않는다. 그것이야말로 시를 창조적인 실천으로 만드는 절대적인 힘이다. 시는 모든 것에 물음을 던지지만, 어느 무엇도 섬기지 않는다. 시는 자신의 언어 자체에서 벗어나 새로운 것에 대한 물음을 만들어내고, 모두를 그 물음에 초대한다. 모두에게 열려 있는 동시에 어떤 것에도 얽매이지 않는 시는 그야말로 근원적인 자유에 대한 끈덕진 사유인 것이다.

모든 시인이 갈구한 것이 바로 그 자유다. 어떠한 제한에도 붙들리지 않고, 어떤 유대 관계에도 사로잡히지 않는 것이 바로 시가 그리도 말하고자 했던 자유라 할 수 있다. 랭보는 〈언어의 연금술〉에서 "나는 침묵과 밤에 대해 썼고, 표현할 수 없는 것에 주의했다. 나는 현기증에 종지

부를 찍었다"라고 썼다. "침묵과 밤", "표현할 수 없는 것", "현기증" 등은 모두 제한을 벗어남과 동시에 시를 가능하게 하는 영역을 가리킨다. 랭보는 그러한 영역, 규정되거나 한정될 수 없는 영역에 집중하여 그것을 시로 창조한다. 그에게 시는 철저히 표현 밖의 시, 제한을 넘어서는 자유로운 시다. 주어진 연관과 매듭들, 제한적인 유대 관계들은 그러한 시적 자유의 칼날을 피할 수 없다. 시적 자유란 바로 허락되지 않은 '밤'의 자유, '침묵'으로만 가 닿을 수 있는, '표현 불가능한' 자유인 것이다. 그래서 종종 시적 자유는 사랑의 힘과 공명한다. 어떤 제한도 요구하지 않는 사랑이야말로 시적 자유의 전범을 제시하는 사유다. 우리의 시인 김수영이 〈요즈음 느끼는 일〉에서 말하는 것처럼, 사랑은 자유의 탁월한 척도가 된다. 시인은 "사랑이 아닌 자유는 방종"일 뿐이라고 말한다. 그에게 진정한 자유란 조건 없는 사랑과 꼭 마찬가지여서 결코 조건에 매일 수 없다. 제한과 조건 안에 있는 자유는 그의 말마따나 "사랑을 갖지 않은 사람들의 자유"일 뿐이다. 시인이 갈구했던 자유는 어떤 제한도, 조건도 없는, 모든 사회적 규범과 상상적인 유대 관계에서 완전히 벗어난 근원적인 '유적類的 자유'였던 것이다.

오늘날 우리에게 필요한 것이 바로 어떠한 분별에도 매이지 않는 것으로서의 유적 자유이다. 그것은 결코 규정될 수 없고, 제한될 수 없는 자유, 자유 밖의 자유, 자유에 매이지 않는 자유, 어떠한 객관적 토대도 갖지 않는 자유다. 그렇기에 유적 자유는 다른 그 무엇으로도 환원되지 않고, 모든 제한된 자유를 가로지른다. 분명히 그것은 오늘의 천박한 '사고파는 자유'와 어떤 관련도 없다. 이 자유는 완전히 새로운 것이다. 저 위선적인 민주주의적 자유, 자본주의적 자유의 밖에서 이렇듯 새로운 자유를 탐험하는 것은 오늘날 사유를 위태롭게 지탱하고 있는 모든 철학자와 시인(예술가)의 몫이리라. 물론 그것은 위태로운 탐험이다. 이 세계의 모든 지배적 여론과 정치 이데올로기는 그러한 탐험을 한사코 가로막으려 들 것이다. 그러나 그것 또한 사유의 의무다. 우리에게 주어진 거짓 자유로부터 벗어나는 것. 우리가 앞서 말했던 자유의 이율배반을 돌려놓고자 할 때, 우리는 필연적으로 그 거짓 자유 밖으로 나갈 수밖에 없다. 자본주의적 교환에 결박당한 이 초라한 자유, 자유를 질식시키는 예속된 자유를 넘어서기 위해 필요한 것은 또다시 어디에도 매이지 않는 근본적인 유적 자유이다. 그것을 사유하는 것을 의무로 삼자. 설령 모든 이들의 야유와 질시를 한 몸에 받을지라도, 그 탐험은 가까운 미래에 가장 값진 시도로 기록될 것이다. **포기하지 말고, 주저하지도 말자. 지금, 여기서, 자유를 말하자.**

읽어볼 만한 책

바디우, 《투사를 위한 철학》, 오월의봄, 2013

바디우, 《철학과 사건》, 오월의봄, 2015

플라톤, 《국가·정체》, 서광사, 2005

9장 민주

Penser

주의

à l'obscurité

민주주의는…… 어떤 수단, 정치의 영역에서
능동적인 대중적 현전을 촉발시키기 위한 수단이다.
바디우, 《투사를 위한 철학》

앞서 말했듯, 자유는 작금의 자유민주주의 체제를 구
성하는 핵심이다. 자유의 이념이 지배하는 이 민주주의
는 어느덧 우리 삶의 당연한 배경이 되었다. 과거 유럽인
들은 자유라는 정치적 이념으로 무장하고, 신분제 사회의
온갖 제약을 철폐했고, 그에 따라 인간을 묶어두고 있던
소위 '자연적 위계질서'는 사라졌다. 타고난 상전과 그 상
전에 복종하는 타고난 아랫것들 사이의 근거 없는 관계들
(마르크스는 이것을 '봉건적 유대'라고 불렀다)은 이미 오래전에
역사에서 자취를 감췄다. 그렇게 사람들은 신분의 위계에
서 벗어나 평등한 존재가 되었고, 그 상태에서 모두는 자
유를 누리게 된다. 하지만 그 민주주의는 어디까지나 대
의제 민주주의라는 특정한 유형의 민주주의일 뿐이다. 상
식선에서 말하면, 대의제 민주주의는 민주적인 선거를 통

해서 선출된 대표들이 국민people으로부터 권력을 위임받아 정치를 조직하고 국가를 운영하는 정치 체제다. 선거에 참여하는 지역의 주민 개개인들이 여러 후보의 자질과 공약을 검토하여 자신을 대표할만한 후보를 뽑고, 그렇게 뽑힌 대표들이 의회를 구성하여 국가의 대소사를 결정하는 법을 만들며, 그 법을 근거로 국가를 운영하는 정치 체제가 바로 대의제로서의 의회민주주의이다. 우리의 아이들은 학교에서 이런 대의제 민주주의의 체계를 학습하고, 이른바 '민주시민'으로 성장한다.

'민주시민'이란 무엇인가? 그것은 '자유로운 개인'을 가리킨다. 언뜻 보기에 이 개인들의 자유는 앞서 우리가 말한 '사고파는 자유'로만 한정되지 않는 것처럼 보인다. 우리는 이 자유 이외에도 헌법이 보장하는 다양한 자유를 갖는다. 표현의 자유, 양심의 자유, 학문 사상의 자유, 거주이전의 자유, 종교의 자유, 그리고 누구도 구속할 수 없는 인신의 자유 등이 있다. 이러한 모든 자유를 가능하게 하는 원리는 무엇인가? 철학자 존 로크John Locke가 그의 《통치론》에서 잘 보여주고 있는 것처럼, 그것은 '소유권'과 밀접하게 관련되어 있다. 그는 소유물이 우리의 몸에서 나오는 노동을 통해 정당화된다고 설명한다. 우리가 어떤 재화의(가령 내가 산에서 주워 모은 밤의) 소유권을 주장할 수 있는 이유는 우리의 몸을 사용해 그것을 손에 넣었기 때문이다. 사람은 몸만을 가진 채 세상에 나온다. 그 몸은 나의 것으로 간주되기에, 몸을 사용하는 노동으로 얻은 것에 대해 소유권을 주장할 수 있다는 말이다. 그런 연유로 노동의 산물은 그 누구도 아닌 나의 것이며, 우리는 그것을 다른 누구의 동의 없이 자유롭게 처분할 수 있다. 소유권은 최초의 자유를 가능하게 하는 기본 원리가 된다. 그렇게, 소유권이 있고, 그것에 따라 자유가 파생된다. 앞서 열거한 수많은 자유는 모두 '나의 것'을 전제한다. 우리는 언제나 나의 의사를 표현하고, 나의 양심을 지키며, 나의 거주를 옮기고, 나의 사상, 나의 종교를 갖는다. 이런 종류의 여러 자유가 가능한 것은 그것이 온전히 나에게 속한 것이기 때문이다. 나의 것을 나의 의지로 지키거나 처분할 수 있다는 것이 자유의 근본적인 내용이다. 그렇게 모든 자유는 소유권에서 나온다.

그렇다면 자본주의를 지탱하고 있는 대의제 민주주의의 여러 가지 자유들은 소유권으로부터 비롯되는 '사고파는' 자유와 연결되어 있다고 말할 수 있다. 이제 자유는 대의제 민주주의의 근본 원리가 되고, 민주주의를 구성하는 나머지 원리는 자유에 의해 규제되고, 제한된다. 그렇게 평등은 자유로운 거래를 위한 시장에서의 평등, 자유로운 경제 활동을 위한 계약(생산수단을 소유한 자와 몸뚱이만을 소유하고 있는 사람 사이의 노동 계약을 포함하는)의 평등으로 환원된다. 자본주의는 그런 식으로 자유를 앞세우고, 평등을 그 자유를 위한 보족적 이념으로 제한한다. 그렇게 사적인 경제 활동의 영역, 시장에서의 질서를 수호하기 위해 대의제 민주주의가 조직된다. 이 모든 것이 근대에 확립된 대의제 민주주의의 원칙을 만들어내는 물질적 기초다. 당연히 사적인 경제 활동에서 주도적인 위치를 차지하는 유력자들의 권리가 중요시될 수밖에 없다. 예나 지금이나 국가의 보호를 받고, 정치적인 주도권을 행사하는 사람들은 경제적 체계 안에서 중요한 역할을 담당하는 힘 있는 사람들이고, 그들이 모든 의사 결정의 권한을 갖는 의회를 실질적으로 지배한다. 과거 유럽의 대의제 민주주의가 첫걸음을 내디딜 무렵, 의회는 이 유력자들의 요새였다. 자신의 대표를 의회로 보낼 수 없었던 무산자無産者들은 어떤 정치적 권리도 누리지 못했다. 그들은 실제 존재했고, 자신의 노동을 통해 사회의 발전에 기여했지만, 선거권을 비롯한 많은 시민권은 그들의 것이 아니었다. 당시의 정치적 권리가 재산 유무에 따라 차별적으로 주어졌다는 사실(선거권을 갖는 사람은 극소수의 재산가를 필두로 하는 특권층이었다)은 당시의 민주주의가 얼마나 제한적이었는지 잘 보여준다.

만약 '민주주의'를 사고파는 자유를 금과옥조로 삼는 대의제 민주주의로 환원한다면, 민주주의는 일종의 정체 상태에서 벗어나지 못한 채 보수적인 사유 형식으로 남아있을 수밖에 없다. 하지만 그것이 민주주의의 전부는 아니다. 민주주의가 대의제 민주주의를 넘어서는 지평을 지니고 있다는 사실을 우리 모두는 알고 있다. 그 민주주의란 제도적인 층위가 아니라 실천적인 층위에서 작동하는 더 넓은 범위의 민주주의, 자유와 평등의 '선언'과 관련된 민주주의다. 대의제 민주주의의 이면에는 이렇게 추상적이고, 능동적이며, 어떤 점에서는 폭발적이고 불안정한 다른 민주주의가 있는 것이다. 이 민주주의는 대의제와의 대비 속에서 더 명확해진다.

자세히 보면 대의제 민주주의라는 제도는 언제나 반복적이다. 정해진 절차를 거쳐 결정이 이루어지고, 정해진 선거를 통해 대표를 선출한다. 그렇게 반복되는 절차와 선거는 대의제 민주주의라는 제도적 형식을 지탱하는 장치다. 선출직 공무원의 임기, 삼권분립과 지방자치, 정부의 구성 방식, 행정부 수장의 권한 등은 헌법을 비롯한 여러 법률에 정확하게 명시되어 있고, 정부 기관과 의회, 법원, 지방자치단체 등의 모든 권한은 오직 그 안에서만 규정된다. 이렇게 법으로 규정된 제도로서의 민주주의를 우리는 베르크손의 문제의식을 차용하여 '정태적 민주주의'라고 부를 수 있다. 그것과 함께 우리는 또 하나의 민주주의, 대의제 민주주의 저편에 있는 다른 민주주의를 떠올

릴 수 있다. 종종 '광장 민주주의'라고 불리는 역동적 민주주의, 대의제라는 정태적 민주주의를 가능하게 하고, 그 것을 규제하는 동력으로 작용하는 이 민주주의는 제도로서 확립되는 것이 아니라 실천을 통해서만 확인되는 적극적인 민주주의이다.

이 역동적 민주주의는 오로지 정치적인 실천으로서만 나타난다는 점에 주목해야 한다. 바디우가 《투사를 위한 철학》에서 정확하게 말하듯이, 그것은 대중 행동의 형식으로 나타나고, 정치적 진리를 탐색하는 훌륭한 수단이 된다. 이 민주주의는 언제나 존재하지만, 항상 우리의 눈에 들어오는 것은 아니다. 제도는 구조화되고 안정적인 체계지만, 실천은 비교적 간헐적이고 저마다 다른 강도를 갖는다. 대중의 민주주의적 실천은 어떤 특정한 국면에서 두드러지며, 어느 순간 폭발적인 강도로 나타난다. 우리가 정치적 사건이라 부를 수 있는 중요한 정치적 정황에서 이러한 실천은 반드시 섬광처럼 솟아오른다. 우리의 예를 들면, 4·19 혁명, 5·18 광주 민중 항쟁('광주 민주화 운동'은 모두를 만족시키는 그것의 제도적인 이름이다), 1987년 6·10 민주 항쟁, 2016년 탄핵 집회(이른바 '촛불혁명'), 그리고 그 정의가 불분명할 뿐 아니라, 아직 그 이름조차 주어지지 않은 12·3 내란 저지 투쟁(2024년 12월 3일 밤 위헌적인 계엄을 선포한 내란 세력의 국회 무력화 시도를 저지한 시민들의 싸움)과 남태령 연대 시위 등이 있다. 여기에 민주주의를 위한 수많은 쟁투가 추가되어야 할 것이다.

이렇게 보면 민주주의는 '싸움'이다. 오늘의 모든 민주주의적 제도 역시 그런 싸움으로 얻어낸 것들이다. 기본적으로 민주주의는 싸움을 통해 성립했고, 그 자체로 치열한 다툼이기도 하다. 잘 확립된 제도가 민주주의를 안정화하고, 민주주의를 수호한다고 생각하는 것은 엄청난 착각이다. 2024년 그날의 위헌적 계엄 시도, 그에 이어지는 탄핵 재판과 내란 수사의 국면에서 드러나는 정치적 난맥상은 그것이 환상이라는 사실을 잘 말해주고 있다. 민주주의를 수호하는 것은 어디까지나 행동이다. 우리의 헌법이 국민의 주권을 보장한다고 하지만, 그것은 어디까지나 쓰인 글자에 불과하다. 그 헌법 조항은 그 내용을 믿고 그것을 지키기 위해 싸우는 사람들을 반드시 요구한다. 그것이 누구라도 관계없다. 불법 계엄을 해제하기 위해서 국회 담장을 넘은 야당 대표와 국회의장, 친구들과 밥을 먹다가 국회로 달려온 취준생 등은 국민의 주권 조항으로 보장된 민주주의를 위해 싸웠다는 점에서 아무런 차이가 없다. 그들 모두가 지킨 것은 국회나 헌법이 아니라, 그것을 가능하게 하는 민주주의라는 일종의 정치적 통로다. **민주주의는 결국 주권재민의 정치적 원리를 현실로 만드는 힘, 대중의 결집된 힘일 뿐이다.**

〈푸른 하늘을〉의 시인 김수영 역시 그것을 알고 있었다. "자유에는 피의 냄새가 섞여 있"다는 시인의 통찰은 민주주의가 가질 수밖에 없는 쟁투의 운명을 정확하게 드러낸다. 이 시에서 하늘을 향한 노고지리의 날아오름은 자유를 위한 비상, 즉 피어린 쟁투와 등치되는데, 이는 투쟁을 통한 자유의 쟁취를 일종의 고양으로 간주하는 직접적인 표현이다. 말하자면 민주주의와 등치되는 자유를 위한 고양이 있고, 그 자유는 피로 물들어있다. 그에게 민주주의란 피를 통해 고양으로 나아가는 집단적 실천의 영역인 것이다. 그렇게 우리의 시인은 민주주의가 지난한 싸움으로 이루어진 정치적 실천일 수밖에 없다는 사실을 잘 보여주고 있다. 제아무리 민주주의를 제도로 환원시켜도 그것이 끊이지 않는 정치적 실천에 속한다는 사실을 지울 수는 없다. 그 과정에서 솟아오르는 자유와 평등 같은 정치적 이념은 결국 제도화되고, 체계로 통합되겠지만, 그것이 민주주의의 종착지는 분명 아니다. 모든 의미 있는 정치적 사건의 특징은 그것이 제시하는 것이 모두 제도로 통합되지는 않는다는 데 있다. 제도는 그 정치적 실천의 일부만을 받아들이고, 그 결과 정치적 실천의 근본적인 측면을 언제든 다시 활성화할 수 있는 가능성은 그대로 남는다. 근본적인 정치적 이념들은 현실의 운동 안에서 드러나며, 현실 속으로 돌아와 민주주의를 강화한다.

대의제는 필연적으로 민주주의를 배신하지만, 그 민주주의의 역동성은 대의제로 하여금 어쩔 도리없이 현실을 바꾸게 만든다. 유럽의 예를 보면, 68년 혁명 이후 프랑스를 비롯한 여러 유럽 국가에서 수많은 개혁 입법이 의회를 통해 이루어졌고, 수많은 평등의 조항들이 실질적인 수준에서 실현되기에 이른다. 사고파는 자유에 의해 규제되었던 대의제 민주주의의 현실 정치는 자유와 평등의 실질적인 확장을 통해 권위를 제거하고, 차별을 폐지하기에 이르렀고, 이것은 모든 서구 사회를 변화시키는 동력이 되었다. 그러나 그 싸움은 여전히 끝나지 않았다. 그 장소가 어디든, 민주주의를 위한 쟁투는 언제나 현재진행형이다.

오늘날 헌법은 수많은 의회주의적 정치 정당과 분파들의 알리바이가 된다. 필요한 시기에는 헌법에 충실한 정치를 펴야 한다고 목소리를 높이지만, 그들 대부분은 헌법을 그저 글귀로 취급한다. 언제든 끌어와 자신들의 이익을 위해 써먹을 수 있는 얌전한 글귀 말이다. 그러나 진실을 말하자면, 민주주의는 헌법에서 나오지 않는다. 오히려 헌법이야말로 민주주의의 산물, 민주주의적 실천의 산물일 뿐이다. 이 실천에 의거하지 않는다면 헌법은 그저 무력한 글자들로 남을 뿐이다. 행위 없는 헌법은 무력하다. 우리가 제도 안에서 헌법을 상기시킬 때, 헌법은 수동적이다. 내란, 불법 계엄의 국면에서 대립하는 정당들은 각자의 논거를 헌법에서 찾는다. 백색 테러(우리는 똑똑이 보았다!)를 자행하는 극우파조차 그렇다. 결국 이렇게 양가적이고 수동적인 헌법이 힘을 가지기 위해서는 실천을 통해 헌법을 다시금 일깨워야 한다. 그렇게 민주주의는 불의不義의 사태에 대항하는 실천을 통해 법이 작동하도록 '법을 강제로 소환하는' 다툼의 과정이다. 〈해방의 삼단논법〉에서 랑시에르는 1833년 양복점 주인 협회와의 싸움에서 평등을 규정하는 7월 왕정의 헌장La Charte을 소환했던 파리 재단사들의 파업을 통해 그 과정을 잘 보여준 바 있다. 그렇게 본다면, 가장 중요한 민주주의는 제도로 환원되지 않는 역동적인 민주주의, 자유와 평등과 같은 정치적 이념을 실질적으로 가능하게 하는 수단으로서의 민주주의일 것이다. 행위 속에서만 민주주의가 있다. 민주주의는 그 실천적 행위 속에서 모든 강자와 유력자의 독점적인 권위를 끌어내리고, 마침내 모두의 평등한 지위와 모두를 위한 올바름을 긍정함으로써 만인의 평등한 정치적 권위를 가능하게 한다. 유력자만이, 배운 자만이 발언할 수 있는 것이 아니다. 누구나 말할 수 있고, 누구나 공통의 것에 참여할 수 있다. 이러한 민주주의야말로 자유와 평등을 모두의 것으로 만들면서 모두를 권력의 원천으로 만드는 수단인 것이다.

역설적으로 보이지만, 이 역동적인 실천으로 구성되는

민주주의와 저 사고파는 자유로 구성되는 대의제 민주주의는 확실히 대립적인 위치에 있다. 오늘날 대의제 민주주의는 민주주의 자체가 가진 가능성을 극단적으로 제한한다. 정치는 정치가에게 맡기고, 각자를 각자의 자리에 머무르도록 강제하는 것이 대의제의 기능이다. 몇 년에 한 번 돌아오는 선거에 참여하는 것에 만족하라는 말이다. 이러한 제도의 틀에 갇힌다면, 우리는 졸지에 '정치적 게으름뱅이'가 된다. 그저 투표지를 기표함에 넣는 것에 만족할 때, 역동적인 민주주의의 실천은 고사하고 만다. 우리가 현시점에서 민주주의 자체를 폐기할 수 없다면, 그것은 민주주의의 실천들이 우리의 정치적 삶에 다른 가능성을 가져오는 수단으로 작동하기 때문이다. 사고파는 자유에 묶인 대의제 시스템을 민주주의 쪽으로 더 끌어당겨 다른 가능성을 가늠하고자 한다면, 이러한 민주주의적 실천, 정의와 평등을 향해 나아가는 실천을 통해 어느덧 낡아버린 대의제 민주주의를 의미 있는 변화로 이끌어야 한다. 그러한 실천들은 민주주의의 가능성을 되살려 민주주의를 구성하는 유적 자유와 평등의 이념을 다시금 활성화할 것이고, 그제야 우리는 권력을 모든 이들의 손으로 되돌릴 수 있을 것이다. 그렇게 우리의 민주주의는 다시 발명되어야 한다. 대의제의 무기력을 벗어나는 새로운 민주주의를 창안하는 것은 그러한 실천에 전적으로 달려 있다. 민주주의를 저 불안한 대표들에게 그대로 맡겨두지 말자. 우리가 항상 그래왔고, 앞으로도 그러할 것처럼.

읽어볼 만한 책
바디우, 《투사를 위한 철학》, 2013, 오월의봄
랑시에르, 〈해방의 삼단논법〉, 《정치적인 것의 가장자리에서》, 2013, 도서출판길
바디우, 랑시에르 외, 《인민이란 무엇인가》, 2013, 현실문화

10장 사랑

Penser

—공백

à l'obscurité

사랑의 행복은 시간이 영원을 맞이할 수 있다는
그 증거인 것입니다.
바디우, 《사랑 예찬》

언제나 있어 왔던 질문. 사랑은 있는가? 사랑은 오늘
의 그 수많은 굴곡에도 우리 눈 앞에 펼쳐지는가? 언제나
(불)가능했던 사랑은 오늘날 여전히 우리에게 그런 제 모
습을 드러내는가? 사랑을 이야기하는 많은 시와 소설들
그리고 희곡들은 그 사랑이 언제나 우리네 삶을 빛내고
있다고 말한다. 때로는 사랑을 배신하고 '욕망'과 '이해관
심'으로 나아가는 삶이 있음에도, 사랑이 여전히 또 다른
삶의 역동적인 힘을 보여주고 있음을 말하는 많은 작품들
은 언제나 우리 가까이 있다. 정반대도 있다. 사랑은 그저
그런 욕망의 치부를 가려주는 장식임을, 그 사랑의 뒤에
서 있는 진짜 주인은 이도 저도 아닌 대상에 대한 끈덕진
욕망임을 보여주는 문학작품 또한 언제나 있다. 실제로
우리는 사랑의 두 가지 얼굴을 현실 속에서 생생하게 목

격한다. 사랑이 자신을 넘어서는 힘겨운 행위임을 모르는 이 없다. 그러나 사랑은 제 욕망으로 항상 비참하게 끝나고, 서로를 물어뜯음으로써 아물 수 없는 상처를 입는 파국을 낳기도 한다. 지금 여기에 사랑이 있다는 긍정적 확신과, 사랑은 언제 어디에도 없었고 앞으로도 그럴 것이라는 부정적 단언은 사랑이란 것이 언제나 삶의 중차대한 문제임을 우리에게 보여준다. 사유는 사랑을 언제나 긍정하거나 부정한다. 그 실존의 진위 여부를 떠나, 사랑은 언제나 우리를 사로잡고, 언제나 우리를 뒤흔든다. 설명 이전에, 긍정적이건 부정적이건, 사랑은 우리에게 감당하기 힘든 갑작스러운 타격이다.

보통 이런 복잡한 문제를 해결하려고 달려드는 것은 철학이다. 그러나 언제나 명증한 언어를 고집하며, 모든 것을 일관적인 방식으로 설명하고자 시도하는 철학이 사랑에 대해 명쾌한 대답을 내놓는 것은 아니다. 사랑에 대해 이야기하고자 할 때, 철학은 근본적인 규정에 가닿는 자신의 미덕을 발휘하지 못하기 일쑤다. 결코 이성적인 것으로 통합될 수 없는 사랑, 갑작스레 찾아드는, 철학자가 결단코 원하지 않을 이 정체불명의 괴물은 사유 그 자체를 쉬이 흩어놓기 때문이다. 종교적인 사랑, 이른바 아가페라 불리는 보편적인(그러나 허구적이기도 한) 사랑의 질서를 제외했을 때, '성적인 사랑sexual love'이라는 이 다루기 힘든 문제는 언제나 철학이 회피하고 싶어 했던 사유의 괴물이었다. 사랑은 자주 저속한 것으로 폄하되거나 종의 유지를 위한 생식의 조건으로 격하되었다. 그러나 사랑을 사유의 질서로 상승하게 하는 시도가 없었던 것은 아니다. 플라톤은 사랑을 사유의 지위로 끌어올리기 위해 고군분투했다. 그는 사랑에 내재하는 초월적인 힘을 믿었고, 아름다움의 이데아를 향해 가는 사랑의 고양을 주저함 없이 찬양했다. 그에게 사랑은 행복의 작인作因이며, 아름다운 것 가운데 일어나는 생산과 출산이다. 사랑은 좋은 것을 영원히 소유하려는 목적을 통해 우리를 불멸성 한가운데로 인도하고, 그 결과 진정한 탁월성을 우리 안에서 생산하게 한다. 플라톤의 손에서 사랑은 그 자체로 찬미 받아 마땅한 것이 된다.

그러나 그런 결론으로 가닿는 플라톤의 진술은 그리 간단하지 않다. 플라톤이 사랑에 할애하는 대화편인 《향연》은 그 자체로 문제적인 텍스트다. 사랑을 이야기하는 이 대화편의 기형적인 구조가 그것을 단적으로 말해준다. 이 대화편의 화자는 아폴로도로스라는 젊은이다. 그 젊은이는 그가 어린아이였을 때 이루어진 사랑에 대한 소크라테스의 대화를, 훗날 젊은이가 되어서야 그 대화의 현장에 있던 아리스토데모스를 통해 간접적으로 접한 것이다. 아리스토데모스는 이 이야기를 다른 이들에게도 전한 것 같다. 그는 포이니코스라는 사람에게도 이야기를 전했고, 그를 통해 아폴로도로스의 대화 상대인 글라우콘에게까지 이야기가 전해지는 것이다. 이 전달 구조는 매우 복잡하지만, 그것 자체가 중요한 것은 아니다. 문제는 그 대화를 아리스토데모스도, 화자인 아폴로도로스도 완전하게 기억하지 못한다는 데 있다. 완전하지 못한 기억이 이 대화편을 지배하고 있다는 말이다. 그러나 그것이 틀린 기억은 아니다. 아폴로도로스는 자신이 전해 들은 몇 가지 내용을 소크라테스에게 말했고, 그것이 정확하다는 확인을 얻는다. 틀리지 않지만, 완전하지도 않은 기억. 그것이 《향연》의 기록이다. 이제 플라톤에게 사랑은 완전한 방식으로 서술될 수 없는 것이 된다. 일관성을 미덕으로 하는 철학적 텍스트에서 이것은 당혹스러운 사태다. 모든 것을 말할 수 없는 사랑, 필설로 다할 수 없는 사랑을 철학적 일관성을 통해 서술하는 모순적인 과제.

그것은 완성될 수 없는 기획이다. 이미 《향연》은 시간의 간격과 기억의 공백으로 시작하고 있다. 사랑에 대한 플라톤의 대화편은 그와 같은 악조건을 배경으로 서술된다. 미리 전제된 불완전성은 사랑에 대한 전체적인 장악을 불가능하게 하는 배경일 것이다. 그럼에도 플라톤은 그러한 악조건에 맞서 사랑에 대한 완결적인 설명을 시도한다. 그러나 그것은 다른 대화편과는 다른 방식으로 조직된다. 다른 곳에서 혼자 떠들어대다시피 하는 소크라테스의 모습은 등장하지 않는다. 우선 사랑(에로스)에 대한 제자들의 헌사가 이어지고, 소크라테스의 전체적인 비판이 등장한 후에, 플라톤은 시간을 다시 거슬러 오른다. 왠지 아둔해 보이는 젊은 소크라테스의 등장은 '액자 안의 액자', 간격의 간격으로 우리를 이끈다. 이제 이야기의 주인은 젊은 소크라테스를 사랑 앞으로 소환하는 디오티마 Diotima라는 이방인이다. 《향연》에서 플라톤의 이야기는 바로 이 이방 여인에게서 나온다. '여신'이 아닌 '여인'이다. 비록 그녀가 어떤 특별한 능력을 지니고 있더라도, 그녀는 셈에 포함되지 않는 이방인인 동시에 시간을 격하여 우리 앞에 등장한 알려지지 않은 이방인, 그것도 사유의 이방인으로 취급되는 어떤 여인일 뿐이다. 이 이중의 이방인은 모든 이방인이 그런 것처럼 소크라테스에게 완전히 새로운 것을 알려준다. 그것이 사랑이다. 결코 온전한 것일 수 없는 사랑, 언제나 공백과 간격에서 나올 수밖에 없는 사랑.

그런 사랑이 불완전한 것일 수밖에 없음은 명백하다. 사랑의 신 에로스 자체가 그렇다. 무어라도 구걸하기 위해 아프로디테의 생일잔치에 나타난 곤궁과 무책無策의 신 페니아는 술에 취해 잠든 방책方策의 신 포로스와 동침하여 아이를 낳는다. 자신의 대책 없음을 해결하기 위해

서다. 그렇게 세상에 나온 것이 에로스다. 에로스는 양부모의 특성을 고스란히 이어받아 풍요와 빈곤, 아름다움과 추함, 지혜와 무지 사이에 있는 존재로서, 언제나 결핍 상태에 있지만 끊임없는 계략으로 그 결핍을 해결하려 한다. 그는 중간자 또는 사이-존재의 운명을 가질 수밖에 없다. 그는 그런 제 운명대로 아름다움을 추구하고, 지혜를 추구할 것이다. 예컨대 에로스는 완전한 지혜 또는 완전한 무지와는 거리가 멀기에 언제나 지혜를 갈구하고, 완전한 아름다움에서 벗어나 있기에 끊임없이 아름다움을 추구하는 것이다. 바로 그것이 사랑의 특성을 이룬다. 서두에서 플라톤이 제시한 이야기 구조의 공백과 간격이 그대로 사랑의 특성으로 이어지게 된다. 갑작스레 찾아드는 사랑은 잘 짜인 삶의 얼개를 더 이상 허락하지 않고, 그 삶의 빈틈에서 나와 구조의 간격을 타격한다. 아니, 오히려 사랑은 공백과 간격 그 자체다. 결핍으로 시작하는 사랑은 우리 안의 공백으로 찾아와, 언제나 분리의 간격으로 우리를 당혹스럽게 한다. 모든 사랑의 시련은 공백의 시련이며, 모든 사랑의 불일치는 간격의 불일치다. 분리된 공백으로서의 사랑.

그렇게, 완전체로서의 사랑, 존재의 완전한 합일은 존재하지 않는다. 사랑은 언제나 불완전하며, 언제나 일그러져 있다. 아리스토파네스가 아무리 사랑을 완전체를 향한 욕망과 노력이라고 주장한다 해도, 그가 제시하는 인간의 기원 설화(완전체였던 인간이 둘로 갈라짐)는 돌이킬 수 없는 성性의 분리를 떨쳐낼 수 없다. 갈라진 두 성에게 남는 것은 일그러진 형상, 완전체의 상실이다. 하나가 되고자 하는 사랑의 욕망은 그러한 일그러진 분리의 형상을 통해 언제나 좌절된다. 아무리 분리를 극복하려 애쓴다 해도, 사랑은 분리가 가져오는 결정적인 결핍에 지배당한다. 완전성을 목적으로 할 때, 사랑은 영영 불가능한 것으로 남는다. 하나가 되고자 하는 몸부림이 언제나 실패할 수밖에 없는 이유가 거기에 있다. 플라톤은 다른 방식으로 완전성에 접근한다. 사랑을 완전성과 직접 연결하기보다는, 완전성으로 나아가게 하는 동력으로 삼는 것이다. 그는 불멸성에 대한 욕망을 통해 그 길을 제시한다. 좋은 것을 사랑하는 인간의 욕망은 그것을 영원히 간직하는 데 있다. 모든 사랑은 아름다운 것을 소유하고 좋은 것을 영속시키려는 노력에서 시작하여 아름다움 안에서 무엇인가를 생산하는 데까지 나아간다. 육체적인 생산, 다시 말해 어린아이의 탄생은 이처럼 아름다움 안에서 비롯된 것으로, 인간이 제 안에 담고 있는 불멸의 표식이다. 그러나 진정한 불멸성은 육체가 아닌 영혼에 있다. 영혼의 생산력을 갖춘 시인과 장인은 마침내 어떤 '새로움', '불멸로 나아갈 새로움'을 만들어낼 것이다. 불멸의 생산으로서의 사랑.

플라톤에게 사랑은 그렇게 상승하는 힘이다. 좋은 것과 아름다움에서 출발하여 불멸로 나아가는 과정은 개별적인 아름다움에서 출발하여 아름다움 그 자체를 향하는 느린 상승의 과정이다. 그 정점에는 아름다움 그 자체의 관조가 있다. 사랑은 자기 안에서 완전성을 실현할 수 없지만, 완전한 아름다움으로 나아가는 길을 열어준다. 아름다움과 좋음의 직관을 통해 플라톤은 완전함에 대한 욕망을 비로소 드러낸다. 사랑은 완전함을 실현하는 것이 아니라 완전함으로 나아가는 길이라고 정의함으로써 플라톤은 완전성을 살려내려 한다. 그러나 그런 플라톤의 욕망은 접어두도록 하자. 플라톤이 말하는 '완전성으로의 접근'은 모호한 것으로 남는다. 그에게서 주목해야 하는 지점은 오히려 다른 곳에 있다. 사랑의 내적인 과정에 집중할 때, 사랑은 불멸하는 무엇인가에 대한 욕망이 된다. 바로 그것이 어떤 새로움을, 결코 '사멸하지 않을 새로움'을 만들어낼 것이다. 우리에게 더 이상 초월적인 진리가 주어져 있지 않다면, 진리는 세계 안에서 일어나는 생성의 차원에서 사유되어야 한다. 사랑의 경우, 그것은 사랑이 일으키는 독특한 작용과 관련된다. 사랑은 '나'를 초과하는 것이라는 바디우의 통찰은 사랑을 동일성의 논리에서 벗어나 타자를 대면하게 하는 유일한 진리 절차로 만든다. 사랑이 생산하는 진리는 타자의 진리, 실질적인 성적 차이의 진리다. 사랑이 만들어내는 새로움이란 바로 그것과 관련된다. 성차의 진리로서의 사랑.

왜 새로움인가? 그것이 성적 차이와 어떤 관련이 있는가? 본격적으로 바디우를 불러내보자. 그에 따르면, 사랑은 '나'로 하여금 동일성의 논리에서 벗어나 세계를 새롭게 탐험하도록 한다. 우선 동일성과 차이의 대립이 있다. 인간은 기본적으로 동일자의 세계에 속한다. '나'라는 존재는 '하나'의 존재다. '나'는 자신을 기준으로 세계를 판별하며, 세계의 모든 다른 존재를 대상으로 전유하고자 한다. 자기보존을 위한 이기심이야말로 '나'라는 동일자를 움직이는 동력이다. 그리고 우연한 만남이 있다. 예기치 않은 만남은 항상 당황스럽다. 그 동기와 원인이 확실치 않은 만남은 동일자의 논리를 파괴하면서 '나'를 점령한다. 자동성에 의해 움직였던 삶을 하나하나 파괴하면서, 어느새 사랑은 '타자'를 보게 한다. 그러나 이 만남이 '나'의 숭고한 포기로 나아가는 것은 아니다. 사랑의 만남은 하나의 동일자와 또 하나의 동일자에게 자신이 살아왔던 방식을 완전히 바꿀 것을 요구한다. 만남 이전의 삶과 만남 이후의 삶이 결코 같을 수 없다. 만남 이전의 삶이 '나'라는 '일자'의 지평에 있었다면, 그 이후의 삶은 결코 '하나'가 아닌 '둘'을 제 지평으로 삼기 때문이다. 삶의 변화는 세계를 보는 관점의 변화를 요구한다. 이제 '하나'의 관점은 뒤로 물러나고, '둘'의 관점을 통한 세계의 탐색이 시작되는 것이다. 그것이야말로 사랑이 가져다주는 새로움이다. 사랑은 세계를 보는 동일성의 관점을 기각하고, 차이의 관점이라는 새로움을 들여오는 것이다. 사랑이 새로운 삶을 가능하게 하는 이유가 여기에 있다. 새로운 삶의 시작으로서의 사랑.

사랑은 애초에 완전하지 않다. 사랑은 공백과 간격에서 비롯되는 것으로 분리된 성을 마주하게 하며, 그 분리에 맞서는 지난한 싸움 속에서 차이를 경험하게 한다. 동일자의 이기주의를 언제나 넘어서는 사랑은 혼자서 세계를 바라보는 것을 금지한다. 이제 삶은 변화할 것이다. '둘'은 계속 함께할 것이다. 그러나 그 '함께'가 순조로운 과정은 절대 아니다. 차이의 공존을 지속하는 과정으로서의 사랑은 공백을 셈에서 배제하는 의회민주주의의 타협과는 궤를 달리한다. 그 둘을 기다리는 **공백의 시련은 지속적인 노고의 과정을 연인에게 부과하여, 영원하다고 선언된 사랑을 지속적으로 확인하게 할 것이다.** 그래서 사랑은 절대 쉽지 않다. 때때로 사랑은 파괴되고, '둘'은 나르시시즘의 나락으로 떨어지기도 한다. 난관 없는 사랑은 없다. 사랑은 지극히 연약하여, 약간의 타격에도 흔들리는가 하면, 때때로 인간 자체를 파국으로 몰아가기도 한다. 그런 사랑의 부정성이 사랑을 그저 욕망의 체제로 치부하고 마는 여러 시도들을 낳지만, 그렇다고 사랑이 무익하고 덧없는 것이 되지는 않는다. 사랑은 이어지기 때문이다. 그러나 그 이어짐이 무상無償의 것은 아니다. 사랑의 이어짐은 언제나 장애물을 뚫고 나아가는 입지전적 행위다. 그것은 자신의 모든 존재를 건 내기가 된다. 그 내기 안에서 사랑은 이어지고, 사라지고, 돌아온다. 그 이어짐과 사라짐, 돌아옴에 대해 말하자.

읽어볼 만한 책

바디우, 《사랑 예찬》, 도서출판길, 2010
바디우, 《베케트에 대하여》, 민음사, 2013
플라톤, 《향연》, 아카넷, 2020

11장 사랑

Penser

—이어짐

à l'obscurité

사랑의 적은 경쟁자가 아니라
바로 이기주의입니다.
바디우, 《사랑 예찬》

　그러나 사랑이 이어진다고 해서, 사랑이 동일자의 삶을
타자 앞으로 돌려놓는다고 해서, 사랑이 그저 아름다운
것으로 남는 것만은 아니다. 사랑의 이어짐은 대체로 불
안하다. 도저히 측량할 수 없는 것이 사랑이다. '둘'의 삶
을 발견한다고 해서 갑자기 모든 문제가 해결되는 것도
아니다. 사랑하는 이들은 그 이어짐 안에서 제 걱정을 가
라앉힐 수 없고, 각자의 광기를 잠재울 수 없다. 결코 '정
상적인' 상태로 돌아갈 수 없는 것이 사랑이다. 그러나 문
제는 그런 사랑의 양태가 아니다. 사랑은 본질적으로 이
율배반적이다. 사랑에 대한 철학적 규정 자체가 그것을
잘 보여준다. 앞서 말했던 '차이의 진리'로서의 사랑이란
별반 아름다운 것이 못 된다. 어쩌면 생생한 현실 속에서
의 사랑은 참혹하면서도 추하다고 말해야 할지도 모른다.

사랑이 제 이념 안에서 동일자의 이기주의라는 부정성을 하나하나 극복해 나가는 과정이라면, 그 현실 안에서 이러한 부정성이 낱낱이 드러나는 것은 당연하다. 전유의 욕망에 사로잡혀 사랑을 지배하려는 동일자의 이기주의는 간단하게 털어낼 수 있을 만큼 허약하지 않다. 이 완강한 동일성은 타자의 존재를 결코 그대로 받아들이지 않는다. 바로 거기에 사랑의 난점이 있다. 동일자의 이기주의는 사랑의 이름으로 타자를 유린하고 자신을 관철하려 한다. 바로 그때, 사랑이 전제하는 '비-관계의 관계'는 순식간에 완전한 비-관계로 역전된다. 파괴의 위협 속에 있는 사랑.

사랑의 만남은 언제나 있다. 그러나 그 만남이 모든 것을 보장하지는 않는다. 수많은 문학작품이 열광하는 만남의 순간은 찰나의 아름다움으로 빛나지만, 그 아름다움이 격정과 광기에 사로잡힌 위태로운 아름다움일 뿐 아니라, 종국에는 파탄으로까지 치닫는 파국적인 아름다움임을 모르는 이 없다. 아름다움은 찰나의 것이다. 그 아름다움, 일상의 흐름과는 과도하게 어긋나는 그 아름다움은 사랑하는 이들의 영혼을 사로잡지만, 그들이 치러야 할 대가는 언제나 상상보다 크다. 어김없이 그들에게 돌아오는 것은 떨칠 수 없는 자기 동일성의 그림자다. 모든 사랑은 자신의 사랑이고, 그와 일치하지 않는 타자의 어긋남은 사랑을 배신하는 것으로 여겨진다. 사랑은 동일자가 자신의 울타리를 벗어나는 것이 아니라, 타자가 그 울타리 안으로 들어오는 것으로 전도되고 만다. 모든 사랑은 '나'의 사랑인 것이다. 사랑에 빠진 이들은 자신이 사랑에 사로잡혔음에도, 자신이 사랑을 소유했다고 믿는다. 일단 자신의 것이 된 사랑은 그들에게 지켜야 할 것으로 자리한다. 동일성의 논리는 바로 그때 작동된다. 자신의 잣대로, 오로지 자신만의 잣대로 사랑을 재단하고, 사랑하는 이의 일거수일투족을 뒤쫓는다. 이제 차이는 일소되고, 타자는 동일자가 되어야 한다. 이른바 '동일자의 제국주의'는 타자를 통째로 삼켜버린다. 타자는 '나'의 내부로 용해되어야 하고, 그렇지 않으면 그것은 사랑이 아니다. 그렇게 사랑은 '나'의 전제專制 앞에 놓인다. '타자'는 그저 사라질 운명에 처하고 마는 것이다. 그것이 모든 사랑이 맞닥뜨리는 현실이다. 사랑 안에서 사라지는 사랑.

그러한 동일성의 전제가 명령하는 '타자'의 배제는 다양한 명분으로 정당화되고, 그에 따라 모든 규정할 수 없고 불안정한 모험과 탐험은 끝장나고 만다. '나'의 세계는 확고하다. 세계에 대한 '나'의 확신은 여간해서는 흔들리지 않는 철옹성이다. 그 강고한 요새가 무너지지 않는 한 사랑은 없을 것이다. 자신을 지배하는 세계관의 기초를 스스로 파괴하지 않는 한, 사랑은 있을 수 없다. 둘의 만남이 사랑의 진리로 나아가는 것은 '나'를 중심으로 구성된 유아론적 세계관을 파괴함으로써 시작된다. 그러나 그런 과정이 자동적으로 주어지지는 않는다. 오히려 정반대일 것이다. 자동적으로 주어지는 것은 타자를 향하는 유아론적 세계관의 강요다. 그렇게, 사랑하는 이들에게 주어지는 첫 번째 시련은 동일자의 시련이다. 연인들은 상대방이 자신과 다름을 한탄하고, 자신에게로 더 가까이 올 것을, 자신의 세계관을 상대방이 고스란히 받아들일 것을 강요한다. 그들은 앞을 다투어 동일자의 전제를 사랑을 지키기 위한 노력으로 미화한다. 그렇게 동일성이 타자성을 짓밟는 순간, 사랑은 패배하고 만다. 사랑의 이름으로 사랑이 파괴되는 역설은 언제나 사랑의 운명으로 다가서는 것이다. 모든 사랑의 이어짐은 그러한 사랑의 파괴와 맞서 싸우는 것을 전제로 한다. 사랑은 어쩌면 가장 지난한 쟁투爭鬪, 타자와의 쟁투가 아닌 자신과의 쟁투, 자신의 유아론적 세계관과의 가장 단호한 쟁투다. 자기 자신을 쓰러뜨려야 하는 사랑.

그렇다면 사랑은 자신의 동일성을 내려놓고 타자에게 투항하는 것인가? '나'의 동일성이 그저 이기심으로 점철된 것임을 고백하며 타자의 제단에 '나'를 바치는 것이 사랑의 요체인가? 아닐 것이다. 그 타자는 또 다른 동일자이기도 하기 때문이다. 타자에 대한 '나'의 희생은 그저 다른 동일성으로의 진입, 동일성의 동일성으로의 투항일 뿐이다. 사랑에서, 타자는 절대 초월적이지 않다. 그것은 숨 쉬는 동일성, '나'와 같은 땅을 밟고, '나'와 같은 밥을 먹는 살아 움직이는 동일성일 뿐이다. 게다가 그러한 동일성으로의 투항은 실제로 일어나지 않는다. 그것은 눈앞의 이별을 피하는 임시변통에 불과하다. 포기된 것으로 가장한 동일성은 언제나 자기 안으로 돌아온다. 만약 가능하다면, 그것은 타자에 투항하는 것이 아닌 무無로의 회귀를 통해서만 가능할 것이다. 우리는 그것을 죽음이라고 부른다. 동일성의 포기는 존재의 사멸, 다시 말해 죽음과 맞닿아 있다. 때때로 사랑이 죽음을 요구하는 것은 결코 우연이 아니다. 고대 그리스에서 시작하여 오늘날에 이르기까지, 수많은 문학작품에 등장하는 사랑과 죽음의 서사는 타자와의 만남이 종종 모든 것을 무화시킴으로써 종결된다는 것을 잘 보여준다. 그렇게 동일자와 타자, 동일성과 또 다른 동일성의 공존은 험난하다 못해 무시무시하다. 결국 사랑은 '나'를 지켜내는 것으로도, '나'를 포기하는 것으로도 가능하지 않다는 결론이 나온다. 사랑은 동일성의 딜레마에 빠지는 것이다. 동일자와 타자 사이에서 방황하는 사랑.

결국 사랑에 있어 동일성의 완전한 포기란 허무한 방책이다. 동일성은 반드시 제자리로 되돌아온다. 부과할 수도, 포기할 수도 없는 동일성은 사랑이 맞닥뜨리는 최대의 난제일 수밖에 없다. 그래서 사랑은 돌이킬 수 없는 허무함으로 향한다. 거기에는 사실상 탈출구가 없다. 유일한 탈출구가 있다면, 그것은 현실의 원리로 회귀하여 각자의 편에서 자신의 동일성을 지키며 살아가는 것뿐이다. 거기서 사랑은 현실에 희생당한다. 더 이상 설렘은 없을 것이다. 달콤한 입맞춤도 없을 것이다. 상대방을 향한 절절한 시선은 철없는 치기로 치부되고, 간절한 어루만짐은 피곤한 도발로 다가올 뿐이다. 그렇게 사랑은 천천히 고사枯死한다. 거기에는 하다못해 사랑으로 인한 죽음이 가져다주는 격렬한 충격과 슬픔조차 없다. 도저히 받아들이기 힘든(그러나 누구나 받아들이는) 비루한 일상만이 남는다. 사랑은 가장 진부한 삶의 자동성에 질식당한다. 그저 목숨을 유지하고자 하는 일차원적 법칙의 지배 아래, 사랑은 천천히 닳아 없어진다. 연한 사포에 갈린 것처럼, 사랑이 사라진 자리에는 어떠한 흔적도 남지 않는다. 그렇게 사랑은 비명조차 지르지 못하고 숨을 거둔다. 그것이 사랑의 흔한 최후다. 웃지도 울지도 못할 사랑의 최후. 이슬비에 시나브로 온몸이 젖듯, 사랑의 최후는 아무도 모르는 사이 아주 느린 속도로 찾아온다. 모든 것을 뒤흔들며 다가온 사랑은 자기-보존의 엄연한 법칙 아래 스러지고, 연인들은 각자의 사랑을 망각 속으로 밀어넣는다. 현실의 거친 미풍 속으로 사라지는 사랑.

철학이 발견하는 사랑의 이념은 공허한 것으로 보이기 쉽다. 사랑에 대한 상찬 속에서 철학은 사랑의 이어짐을 긍정하지만, 현실 속에서 그것은 지켜지지 못할 약속, 도착점이 보이지 않는 막막한 여정으로 드러나기 때문이다. 그러나 그것 역시 교활한 마술사의 눈속임으로만 치부될 일은 아니다. 확실히 사랑은 어려운 약속이다. 지키기 힘들지만, 사라지지 않는 약속. 여기서 필요한 것은 사랑을 동일성과는 다른 방식으로 사유하는 것이다. 동일성과 타자성의 변증법이 결국 동일성으로 되돌아올 수밖에 없다면, 우리는 사랑을 다른 지평으로 데려갈 수밖에 없다. 내가 바디우를 원용하여 제안하는 것은 사랑을 법과 욕망의 (종합 없는) 반反변증법을 통해 사유하는 것이다. 사랑은 철저하게 법에 대한 위반이다. 만남의 순간이 우리에게 일깨우는 것은 현실을 지배하는 법의 바깥이 존재한다는 점이다. 법에 의해 금지된 욕망의 가능성이 존재한다는 점. 그것이야말로 그 순간이 보여주는 실재의 지점이다. 이 욕망은 흔히 사랑을 부정하는 근거가 되는 성적인 욕망이 아니다. 그런 흔하디흔한 욕망은 동일성의 법칙에서 한 발짝도 벗어나지 못하는 욕망, 자기보존의 법칙에 따르는 욕망일 뿐이다. 물론 사랑이 욕망을 배제하지는 않지만, 그것은 사랑을 가능하게 하는 여러 요인 중 하나에 불과하다. 진정한 사랑의 욕망은 알려지지 않은 삶의 방식에 대한 욕망, '나'를 넘어서는 동시에 '나'를 보충하려는 욕망이다. 그러한 욕망이야말로 사랑의 실재다. 알려진 법을 넘어서는 새로움의 욕망.

사랑이 위험하고 낯선 이유가 거기에 있다. 사랑은 알려지지 않은 욕망이고, 어디서 왔는지 도저히 알 수 없는 어색하고 당황스러운 무언가의 실존이다. '나'와는 완전히 분리된 것이기에, 사랑은 언제나 통제 불가능한 것으로 남는다. 사랑에 대한 해답을 구할 수 없는 것은, 그것이 전혀 예측할 수 없는 괴물의 모습으로 우리 앞에 나타나, 우리에게 말을 걸고, 우리의 질문에 전혀 이해할 수 없는 방식으로 대답하기 때문이다. 확실히 사랑은 괴물과 닮아있다. 사랑은 이전의 삶과 전혀 다른 지평을 열어낸다는 점에서 삶을 지배하는 '상징적 질서'의 법을 파괴하는 욕망이다. 상징적 질서가 철저히 금지하는 삶의 방식은 흔히 비정상적인 것, 파렴치하고 몰상식한 것으로 단죄되어 배제된다. 그것은 상징적 질서의 입장에서 괴물과도 같은 삶의 방식일 뿐이다. 그것은 기존의 법에 비추어 결코 일관적으로 해석될 수 없는, 의미에서 벗어나 있는 삶이다. 그런 점에서 사랑은 카프카의 《가장의 근심》에 등장하는 오드라덱과 닮아있다. 그의 이름은 어떤 해석으로도 가 닿을 수 없고, 어떤 의미도 찾을 수 없는 이름이기에, 사랑이라는 불가사의한 이름과 닮아있다. 오드라덱의 모습은 언뜻 보기에 제법 복잡하지만, 역시 말로 표현할 수 없다. 그가 어디에 머무는지도 확실하지 않다. 그는 여기저기에 있고, 잠시 사라진 것 같지만 어김없이 돌아온다. 항상 그래왔고, 앞으로도 그럴 것이기에 가장의 근심은 커져 간다. 상징적 질서를 동요하게 하는 예외적 존재인 오드라덱.

사랑은 상징적 질서를 뒤흔드는 불길한 욕망이다. 알려지지 않은 욕망, 필설로 다할 수 없는 욕망인 사랑은 언제나 고요한 상징계의 평화를 깨뜨린다. 그것은 동일성의 질서를 위협하는 비일관적인 욕망이다. 지배 질서는 그러한 사랑과 힘겹게 대결하지만, 결코 사랑의 출현을 원천적으로 봉쇄할 수 없다. 상징계의 질서, 즉 동일성을 수호하는 법은 기껏해야 사랑을 자기 안으로 포섭하기 위해 고군분투할 뿐이다. 그러나 사랑은 반드시 돌아온다. 이 욕망은 법으로 통합될 수 없는 욕망이기 때문이다. 만남의 첫 순간이 가져오는 충격은 지워지지 않는 흔적이다. 그렇기에 사랑은 상징적 질서의 법칙으로 완전히 해소되지 않는다. 사랑은 언제나 법의 바깥을 만들어내고, 연인들로 하여금 법의 바깥을 탐색하게 한다. 사랑의 새로움은 그렇게 영원하다. 그것은 낡은 질서 안에 유폐되지 않고, 그 안에서도 언제든 새로움을 다시 일으킨다. 사랑의 힘이 있다면, 바로 그 새로움의 힘, 언제나 '나'의 언저리로 되돌아오는 오랜 새로움의 힘이다. 김수영이 "묵은 사랑이/ 뉘우치는 마음의 한복판에/ 젖어 있을 때/ 붉은 파밭의 푸른 새싹을 보아라"(〈파밭 가에서〉)라고 썼을 때, 그는 사랑의 새로움이 사라지지 않음을 말한다. "새벽에 준 조로의 물"은 "대낮이 지나도록 마르지 않고/ 젖어 있"는 것이다. 그 사랑으로 우리는 새로운 삶의 지평을 얻는 동시에 동일자의 질서라는 낡은 법을 잃어버린다. 사랑은 그렇게 상징적 질서에서 벗어나는 힘겨운 모험을 부과한다.

법의 바깥으로서의 사랑의 욕망은 타자의 욕망이다. 그것은 타자가 갖는 욕망 또는 타자를 향하는 동일자의 욕망이 아닌, 타자의 존재를 절대적으로 전제하는 욕망이다. 그것은 법이 절대 허용하지 않는 욕망으로, 동일자의 바깥에 자리한 타자의 존재를 지켜내고자 하는 욕망인 것이다. 그러한 사랑의 논리는 타자를 전유하는 것을 금지한다. 타자를 동일성 안으로 녹여내고자 하는 순간, 타자의 욕망은 동일자의 욕망이 되고 말기 때문이다. 그러나 동일성을 중심으로 하는 현실의 법이 그리 허약하지만은 않다. 법은 끊임없이 사랑을 동일성의 체제 안으로 끌어당긴다. 그렇게 가족의 법은 사랑을 천천히 잠식하여 파괴하려 한다. 우리는 수많은 사랑이 법의 힘에 움츠러드는 것을 자연스럽게 목도한다. 그러나 그렇다고 해서 사랑이 끝장나는 것은 아니다. 사랑은 겨울의 얼어붙은 땅에 잠들겠지만, 이내 깨어나 그 파란 싹을 틔울 것이다. 사랑을 향한 욕망, 동일자에서 벗어나 타자와 영원히 공존하려는 불가능한 욕망을 지켜야 하는 이유가 거기에 있다. 욕망의 실현은 문제가 되지 않는다. 욕망의 궁극적 승리란 없다. 문제는 그 욕망을 상기하는 것이다. 만남의 순간을 통과한 모든 이들은 타자의 존재를 이미 안다. 아무리 은밀하게 타자를 유폐했을지라도, 타자의 흔적은 언제나 내 안에 있다. 그 타자의 흔적이야말로 사랑을 다시 이어지게 하는 힘이다. 그것을 기억해야 한다. 모든 것이 끝났다고 아무리 고개를 주억거려도, 사랑은 끝난 게 아니다. **사랑은 언제나 '내 안에서' 돌아온다.**

읽어볼 만한 책
바디우, 《사랑 예찬》, 도서출판길, 2010
바디우, 《투사를 위한 철학》, 오월의봄, 2013
바디우, 《베케트에 대하여》, 민음사, 2013

12장 성차와

Penser

평등에 대하여

à l'obscurité

오늘날 사람들이 추구하는 것은…… 구조적인 둘을 가지면서도
그 둘을 객관적 본질로 삼지 않는 정치적 사유이다.
바디우, 《철학을 위한 선언》

민주주의는 차이의 체제지만, 그것은 민주주의적 세계
를 훨씬 넘어선다. 차이는 언제 어디에나 있다. 차이는 먼
과거에도 있었고, 더 먼 미래에도 있을 것이다. 차이는 세
계 그 자체로, 어디에서나 목격할 수 있는 존재의 양태이
다. 실제로 차이는 우리의 삶을 가득 채우며 세계를 만들
어낸다. 여러 다채로운 차이들로 가득 찬 것이 우리의 삶
이다. 우리는 다른 사물들을 마주하고 살고 있으며, 다른
사람들과 함께 삶을 채색한다. 바로 그런 차이들이 세계
의 변화를 가늠하게 하고, 새로운 가능성을 상상하게 한
다. 이 세계에서 차이는 결정적이다. 차이가 없다면 세계
도 없는 것이다. 우리가 앞서 말했던 사랑은 가장 근본적
인 차이의 놀이다. 사랑은 차이에서 비롯된다. 사랑을 가
능하게 하는 힘은 바로 각각이 갖는 차이에서 온다. 도대

체 달라도 너무나 다른 둘의 '만남'을 말하게 하는 것은 어디까지나 둘이 가진 근본적인 차이인 것이다. 사랑의 모든 돌이킬 수 없는 오해와 비극뿐 아니라 그 비길 데 없는 행복과 떨림에 이르기까지, 사랑의 모든 것은 두 존재를 낯선 것으로 만들어내는 차이에서 연유한다. 그러나 그 차이는 흔히 아름답다고 이야기하는 사랑에서조차 아주 비극적인 참화를 만들어내기 일쑤다. 그렇게 차이는 사랑이 가질 수 있는 아름다움과 처참함의 궁극적 작인이다. 차이의 예외적인 사태인 사랑을 이야기하지 않더라도, 차이는 언제나 자연스러운 동시에 무시무시하다. 만남과 사랑이라는 차이의 역설 저편에서 이 미묘한 문제를 생각해 보자.

일단 가장 근본적인 차이가 '성차性差'에 있다는 점을 인정하자. 지극히 범박한 수준에서 말한다면, '성차性差'란 남녀의 차이를 지칭한다. 비록 오늘날 성차를 '남녀'(흔히 생물학적인 수준에서 파악되는)의 차이로 환원하는 태도에 반대하는 경향이 지배적이라 하더라도, 우리는 이 차이가 인간이 가진 차이의 시발점이라는 사실을 부인하기는 힘들다. 성소수자(이른바 'LGBTQ+')를 포함하는 모든 성적인 정체성들은 모두 기본적인 성차에서 비롯되는 다양성에 속한다. 그리고 그 다양성이 성적인 세계를 다채롭게 채색한다. 그러나 근본적인 분리의 차원에서 보면, 남성성과 여성성, 또는 바디우가 베케트를 따라 정립하는 '하나의 입장'과 '또 하나의 입장'은 인류를 둘로 가르는 최초의 차이다. 나는 이 통찰에 따라 성차에 대해 말하려 한다. 사실 이 입장은 베케트로부터 온 것이고, 그는 자신의 산문에서 남성과 여성이라는 분별에 의존하지 않으면서 '인류의 둘'에 해당하는 것에 대해 말한다. 정확하고, 옳은 입장이지만, 그것이 경험적인 수준에서 규정되는 '성의 둘'에 대한 어떤 근사치임은 분명하다. 그러니 사유의 장치로서, '여성'과 '남성'(정확하게는 성에 대한 두 가지 입장)이라는 용어를 생물학적인 함의를 배제한 채 사용하기로 하자.

성차가 초래하는 문제는 다양하다. 역시 이 독특한 차이는 역사적으로 가장 일상적인 문제들을 양산하는 원인이다. 우리는 오늘날 가장 일상적인 수준에서 파악되는 '남녀평등'이라는 말에서 성차에 뿌리를 두는 정치적 문제를 발견할 수 있다. 오늘날 우리가 남녀평등의 시대를 살고 있다는 것은 외관상 자명한 것처럼 보인다. 여성과 남성이 평등하고, 성의 다름으로 인한 어떤 차별도 용인되어서는 안 된다는 점은 이제 부정할 수 없는 명제다. 그러나 현실은 그다지 이 명제에 부합하지 않는 것 같다. 다른 성 사이의 평등이라는 원칙이 현실적으로 당연하게 관철되는 것은 아니라는 사실을 모르는 이는 없다. 임금수준에서 출발하여 삶의 다양한 조건들, 심지어는 가치관에 이르기까지, 이 평등은 실제로 관철되지 않고 있다. 생각하면 할수록 이상하게도, '남녀평등'이라는 이 당연한 기표는 우리에게 여전히 당연하지 않다. 여전히 여성은 차별받고 있고, 충분한 기회를 얻지 못하고 있다. 과거보다는 나아졌다고 해도, 여성에게 할애된 사회적 역할은 여전히 남성의 입장에 비추어 부차적이다. 따지고 보면, '남녀평등'이라는 기표가 계속 문제시된다는 사실 자체가 실제로 '성의 둘' 사이에 불평등이 존재함을 입증하는 것이다. 이것이야말로 객관적인 차이가 억압과 차별로 나아가는 것을 보여주는 전형적인 경우라 할 수 있다(생물학적 성과 일치하지 않는 성소수자에 대한 억압과 차별은 더욱 심하다). 모든 평등이 그런 것처럼 '남녀평등' 또는 '성적 차이들 사이의 평등'은 세계에 존재하는 객관적인 차이를 가로지를 때만 가능한 당위인 것이다.

'남녀평등'은 분별된 성 사이의 평등을 객관적인 수준에서 가늠할 수 없다는 역설에서 출발하는 당위다. 그것은 객관적 범주가 아닌 주체적 범주, 모든 현실의 차이(와 그에 따른 불평등)에도 불구하고, 지금 여기서 '여성'과 '남성'이 평등하다는 주체적 선언을 통해서만 가시화되는 수행적인 범주라고 말해야 한다. 많은 여성 운동가들과 비판적인 지식인들이 모든 편견과 비아냥거림에도 아랑곳하지 않고 그 둘의 평등을 주장했을 때, 그들이 염두에 두고 있었던 것은 객관적인 차이의 확인을 질적인 구별의 논리와 연결하지 않는 것이었다. 일단 차이들을 그러한 구별의 논리 안으로 밀어놓으면, 그 구별된 항목에 위계를 설정하는 것을 피하기는 힘들다. 차이는 이제 질적으로 다른 것이라 여겨지는 항목들에 각자의 가치를 부여함으로써 차별로 나아가게 된다. 여성과 남성의 차이가 남성의 우위에 근거한 성차별로 나아간 것은 바로 그러한 구별의 논리를 통해서였다. 반면에, 오랜 세월 동안 드물게 존재했던 평등의 지지자들은 차이를 질적인 구별의 논리와 철저히 분리하여, 평등의 공리에 따라 사유할 것을 요구했다. 그들은 모든 차이를 위계에 따라 분리하고, 각자의 성향과 특성을 저마다의 능력과 자질로 환원하는 것을 단호하게 거부하며, '성의 둘' 사이에 존재하는 공통적인 것을 통해 차이가 만들어내는 간극을 최소화하기를 원했다. 그다지 많이 주목받지는 않지만, 적어도 성차와 관련하여 그러한 평등의 공리를 최초로 도입한 인물은 플라톤이다.

《국가》 제5권은 앞서 본 제2권처럼 젊은 제자들의 문제 제기로 시작한다. 문제가 되는 것은 제4권에서 소크라테스가 잠시 언급하고 지나가는 수호자 집단의 '처자妻子 공유'라는 문제다. 나라의 경영과 개인 영혼의 나쁜 상태에 대해 설명하려는 스승의 말을 자르고, 이 젊은이들은 '처자 공유'라는 문제를 명확히 설명할 것을 요구한다. 확실히 스승은 이 문제를 건드리는 데 망설임을 갖고 있었다. 확실히 그런 종류의 주장을 펴는 것은 쉽지 않다. 사람들은 그것을 가능하다고 여기지도 않을 뿐더러, 설령 일이 잘되어 그것이 이루어진다 해도 그것이 최선이 아니라고 말할 것이기 때문이다. 지배적인 의견과는 반대 방향에 있는 '처자 공유'의 문제에 접근하기 위해, 소크라테스는 여성의 문제로 우회해 들어간다. 만약 여자들을 남자들과 똑같은 목적에 이용해야 한다면 여자들에게도 같은 것을 가르쳐야 한다. 시와 더불어 옷을 걸치지 않고 신체를 단련하는 체육 역시 여성들에게 베풀어져야 하는 것이다. 여기서 소크라테스는 그것이 우스꽝스러워 보일 수 있다는 점을 환기한다. 농담과 비웃음이 난무하고, 사람들은 구별의 논리를 들이댈 것이다. 여자와 남자의 성향이 서로 엄청나게 다른데도 불구하고 같은 일을 하는 것은 잘못된 일이라는 논리다. 소크라테스는, 출산과 양육을 도맡아야 하는 여성은 국가를 수호하는 일을 할 수 없다는 사람들의 비판을 쉽게 피해 가기 힘들다고 운을 떼며 남녀평등의 문제에 접근한다.

작중 소크라테스는 자연적으로 주어진 차이가 사회적 역할의 구별로 이전될 수 없다는 점을 강조한다. 대머리와 장발의 성향이 반대이기에, 대머리가 제화공이 되었을 때, 장발은 제화공을 할 수 없다고 말하는 것은 우스운 일이다. 남자와 여자의 경우에도 이는 마찬가지다. 성 자체가 각자의 역할을 구별하는 기준은 결코 될 수 없다. 의사에 적합한 성향은 여자에게도 남자에게도 모두 발견된다. 체육에 능한 남자와 그렇지 않은 남자가 있고, 시에 능한 여자와 그렇지 않은 여자가 있는 것이지, 모든 남자가 체육에 능하고, 모든 여자가 그렇지 않은 것은 결코 아니다. 통치자의 자질을 갖춘 여자가 없으리라는 법은 전혀 없다. 그렇게 플라톤은 소크라테스의 입을 통해 수호자의 자질을 갖춘 여자들에게는 동일한 부류의 남자들과 같은 일이 배정되어야 한다는 일종의 '평등 원칙'을 제시한다. 가장 훌륭한 사람들은 남자만 있는 것이 아니다. 가장 훌륭한 사람들은, 가장 훌륭한 여성들을 반드시 포함한다. 플라톤은 단호하게 선언한다. "여자가 여자이기 때문에 여자의 것인 것은 없고, 남자가 남자이기 때문에 남자의 것인 것도 없다"고. 플라톤에게 성적인 차이는 아무것도 아니다. 결정적인 것은 각자에게 적합한 영역이 무엇이냐일 뿐, 성적인 차이에 따라 배정되는 다른 역할은 존재하지 않는다. 여성에게 고유한 일이란 아무것도 없기에, 남성이 할 수 있는 모든 일을 여성이 하지 못할 이유란 없다. 성차는 특권의 근거가 아닌 우연이 만들어낸 차이일 뿐이다.

물론 플라톤의 선언을 절대적인 평등의 담론으로 간주

하기는 힘들다. 그가 선언하는 평등은 동일한 성향들 사이의 평등이고, 각자의 자질에 어울리는 것을 동일하게 부여하는 기하학적 평등이다. 그렇게, 플라톤의 평등은 질적인 구별에 의존하는 평등, 한 집단(여기서는 수호자 집단) 안에서만 관철되는 제한적인 평등이라고도 말할 수 있다. 그러나 플라톤이 그렇게 어리숙하지는 않다. 그는 통치자와 피통치자를 구별하면서 통치자에게 특권이라 부를 수 있는 어떤 것도 남겨놓지 않았다. '처자의 공유'는 그런 맥락에서 이해되어야 한다. 그들은 기본적인 사유재산조차 가질 수 없고, 사사로운 이익을 위해 살아갈 수도 없다. 그들에게 돌아오는 것은 국가를 위한 의무와 헌신이다. 플라톤이 각각의 자질을 분리한 것은 사실이지만, 그것을 통해 얻는 것은 어떤 특권도 가질 수 없는 온전한 통치자들이다. 실제로 그들은 지배자가 아닌 '수호자'다. 플라톤이 창안한 이상 국가에서, 수호자는 지배자가 아니라 '구원자', '보조자'라 불리고, 평민은 노예가 아니라 '부양자'라 불린다. 결국 통치자들은 더 이상 지배하거나 군림할 수 없다. 엄밀하게 말해 그들은 통치자라기보다는 삶의 안전과 정의를 위해 헌신하는 인민의 공복公僕이다. 그들은 그런 노고를 대가로 '부양'된다. 고대의 역사적 상황을 고려할 때, 플라톤이 선언하는 기하학적 평등은 가히 혁명적이다. 그는 자연적인 차이(성차)를 우연적인 것으로 간주하는 한편, 실질적인 차이(성향의 차이)에 따라 각자의 자리를 배분하지만, 그와 동시에 통치자들이 가질 수 있는 특권과 지배를 배제하는 방식으로 공통의 것the common을 사유한다. 기하학적 평등의 핵심이 바로 여기에 있다.

그런 플라톤이 여성의 문제를 평등을 사유하기 위한 출발점으로 삼는다는 것은 의미심장하다. 인류를 가르는 가장 근본적인 차이인 성차를 평등으로 끌고 가면서, 그는 인류 최초의 페미니스트가 된다(그런 점에서 우리가 알고 있는 모든 여성 해방론자들은 플라톤의 후예로 간주될 수 있다). 그 이후, 사랑의 성인인 예수와 과감하고 선량한 로마의 시인 오비디우스가 그 뒤를 이었지만, 남녀평등은 오랜 세월 동안 거의 사유의 영역에 들지 못했고, 근대에 들어서면서야 부활하기에 이른다. 바야흐로 문제가 되는 것은 성차에서 비롯된 불평등에서 벗어나고자 하는 노력, 다시 말해 여성 스스로를 해방하고자 하는 투쟁이다. 가장 시급했던 것은 남성 지배의 역사성을 해체하고, 여성에 대한 억압을 폭로하는 일이었다. 실제적인 투쟁이 필요했고, 그것을 뒷받침하는 사유 또한 절실하게 요구되었다. 나는 현대의 몇몇 시인들에게서 그러한 사유의 흔적을 발견할 수 있다고 믿는다. 작고한 시인 고정희를 보도록 하자. 가장 전투적으로 여성해방을 노래했던 이 시인은 시집《여성해방출사표》(1990)를 통해 여성의 수난이 일반화된 조선에서 등장한 여성 저항 시인들을 불러낸다. 정확히 말하면, 그는 이옥봉과 황진이, 허난설헌과 같은 조선의 여성 시인들을 통해 당대 여성들이 얼마나 억압받는 삶을 살아왔는지 밝히고자 한다. 이 시집은 조선 여성 수난사에 대한 혹독한 비판과 함께 여성해방에 대한 단호한 선언으로 가득 차 있다. 고정희와 더불어 여성해방의 시가 실제로 드러나기 시작한다.

고정희는 일종의 울림, 호소이자 강제인 울림을 만들어내고자 했다. "인연의 때를 점지받은 그대들은/ 가을날 오동잎에 떨어지는 찬비 같은/ 앞시대 고혼들의 눈물 받아/ 조선여자 해방길 닦아야 할 것이외다"(〈허난설헌이 해동의 딸들에게: 이야기 여성사 4〉)라고 쓰면서, 그는 반도의 여성들을 여성해방의 싸움터로 불러온다. 그렇다고 이 시인이 여성만의 해방을 이야기하는 것은 결코 아니다. 같은 시에서 그는 이렇게 선언한다. "안으로 조선여자 해방을 실현함은/ 남녀분열 남북분단 청산하는 하나의 조국을 되찾는 지름길이요/ 밖으로 조선남자 해방을 성취함은/ 전쟁폭력 없고 지배복종 없는 세계 인민 해방의 계승임을/ 거듭 확신하노라." 따라서 여성의 해방은 남성의 해방으로 이어진다. 인간 해방이 여성해방에서 비롯될 것이라는 통찰은 평등과 공통의 것을 여성의 문제에서 시작하는 플라톤의 통찰과 '형식적으로' 맞닿아 있다. 그리고 우리는 오늘날 그 울림에 응답하는 다른 방식의 시를 본다. 김민정과 같은 번뜩이는 시인의 작품은 성차가 절대권력이 될 수 없음을 일깨운다. 이를테면 이런 것이다. "네게 좆이 있다면/ 내겐 젖이 있다/ 그러니 과시하지 마라/ 유치하다면/ 시작은 다 너로부터 비롯함일지니."(〈젖이라는 이름의 좆〉) 그 날카로움이 돋보이는 유쾌한 일격이다. 그는 객관적인 차이들 사이의 평등을 '최소 차이의 동일성'을 통해 여실히 보여준다. 차이를 그저 우연한 차이로 간주하고 차이들 사이의 평등을 확증하는 데 이보다 더 적확한 것은 있을 수 없다.

평등은 언제나 차이 안에서의 평등이다. 그러기에 같은 것을 강요하는 객관적인 평등이란 무의미하다. 차이는 그저 우연적으로 주어진 것일 뿐, 본질적이지 않다. 나는 성차가 즉각 평등의 공리로 나아갈 수밖에 없는 것이라고 본다. **성의 평등 없이 하나의 인류란 불가능하기 때문이다.** 이때 중요한 것은 바로 평등의 선언이다. 이러저러한 차이에도 불구하고, 성의 둘은 평등하다는 것. 그러한 선언 없이 평등은 불가능하다. 그런 점에서 철학자와 시인들은 '유적 평등'의 전사戰士들이다. 수호자들 사이의 철저한 평등을 창안한 플라톤의 시도는 과감하고 훌륭했으나 여전히 불충분하다. 그 불충분함을 시적인 언어, 탈-의미의 언어로 보충하는 것이 바로 시인들이다. 그들의 시적 언어가 사유의 질서에 속하는 것은 바로 그 안에 평등의 공리가 선언의 형식으로 담겨있기 때문이다. 차이와 같음에 대한 사유, 타자와 동일자에 대한 사유로서의 철학과 시는 어쩔 도리 없이 같은 땅을 밟고, 같은 하늘을 바라본다. 철학과 시는 모두 차이 안에서 평등을 바라보기에, 사유 안에서, 그들은 형제다.

읽어볼 만한 책들
바디우, 《베케트에 대하여》, 민음사, 2013
바디우, 《철학을 위한 선언》, 도서출판길, 2010
플라톤, 《국가·정체》, 서광사, 2005

13장 사유의

Penser

무용성에 대하여

à l'obscurité

[시의] 이 간접성만이 겉모습과 의견의 속임수를 만들어내는
대상들의 외관을 몰아낼 수 있다.
바디우, 《비미학》

시와 철학의 형제애를 확인하기 위해 지극히 현실적인
이야기를 해보자. 어느 시대나 사람들의 주된 관심사는
실제적인 유익함이다. 당장 써먹을 수 있고, 즉각 활용 가
능한 것들은 언제 어디서든 사람들의 이목을 끌지만, 별
반 쓸모없어 보이는 것들은 그다지 주목받지 못한다. 사
람에 대해서도 마찬가지다. 유능한 사람은 언제나 환영
받는다. 아무것도 할 줄 모르는 사람보다는 어느 한 분야
를 아주 잘 알고 있는 사람이나 이것저것 할 줄 아는 사람
이 높이 평가받기 마련이다. 따지고 보면 언제나 그랬을
것이다. 물론 전근대적인 신분 사회에서는 신분의 귀천을
이유로 자신의 능력을 펼치지 못한 경우도 많았지만, 그
러한 제약이 사라진 오늘날, 사람은 그가 가진 '능력'에 따
라 평가된다. 이른바 '능력주의meritocracy'가 지배하는 세

상이다.

그러나 이 시대에 문제가 없는 것은 아니다. 시대가 변화함에 따라, 세상의 가치 기준은 변했고, 과거를 지배하던 가치의 질서는 그 자체로 큰 변화를 겪었다. 유익함과 유용성의 기준은 확실히 달라졌고, 그 유익함을 바라보는 관점 역시 큰 폭으로 바뀌었다. 인간의 역사는 자연적 우월성에서 벗어나 점차 평등으로 나아가는 것처럼 보였지만 언젠가부터 세계는 새로운 위계를 통해 재편되었다. 살 만한 세상은 오지 않았다. 언제부턴가 세상은 그렇게 더 나빠지기 시작했다. 그 짧았던 사회 복지와 민주주의의 변혁기는 그저 예외적인 간격일 뿐이었다. 그리고 시간은 점점 더 깊은 수렁으로 우리를 밀어 넣고 있다. 그 누구도 빠져나오기 힘든 이 민낯의 자본주의는 아득한 소실점이 되어 모든 것을 제 안으로 빨아들이는 것이다.

현실을 지배하는 논리는 냉엄하다. 누구도 그 논리를 벗어나기 힘들다. 거기서 빠져나가 다른 가능성을 모색하는 것은 지극히 위험한 모험이 되기 십상이다. 살기 위해서는, 그 논리에 따라 모든 것을 계산하고, 그 논리가 지배하는 현실의 법칙에 순응해야 하는 것처럼 보인다. 무엇보다도 돈이 중요하다. 돈은 오늘날의 모든 유익함을 일컫는 대명사가 되었다. 돈이 되지 않는 모든 행위는 그저 쓸데없는 짓일 뿐이고, 그런 행위에 시간을 쏟는 것은 철없는 일탈로 치부된다. 돈을 추구하지 않는 행위는 사실상 악덕이다. 재산을 축적하고, 안락을 추구하는 행위만이 인정받고, 일확천금을 겨누는 투기적 활동조차 대단히 생산적인 모험으로 칭송된다. 이는 결코 과장이 아니다. 주식이나 코인 투자로 떼돈을 번 사람들에 대한 경탄과 동경, 새로운 상품으로 막대한 부를 축적한 자산가에 대한 찬사는 모두 오늘날 세계를 지배하는 능력주의의 법칙을 그대로 보여주는 증거들이다. 그와 반대로, 돈이 전혀 되지 않는 여타의 모든 활동들에 대한 경멸과 탄식은 쓸모없는 것들에 대한 증오를 그대로 보여준다. 세계는 점점 더 좁아지고 있다. 지구촌이 한 식구가 되었다는 말이 아니다. 우리가 선택할 수 있는 세계, 우리에게 허락된 모든 인간적 활동의 가능한 폭이 점점 좁아지고 있다는 말이다. 각자의 미래는 이미 선택할 수 없는 것이 되어버렸다. 돈을 선택하지 않으면, 우리가 할 수 있는 것은 사실상 없다. 돈은 모든 것들을 손에 넣는 유일할 수단이기 때문이다. 오늘의 젊은이들이 처한 현실은 이러한 사태를 너무도 잘 보여주고 있어서, 거기에는 실제로 아무런 논란의 여지가 없다.

　누구나 인정하듯이, 젊은이들에게 미래는 지극히 단순한 선택으로 제한되어 있다. 각종 자격증 시험에 통과하고 필수적인 스펙을 쌓아 좋은 회사에 취업하거나, 이른바 고시考試라고 부르는 이런저런 시험을 통과하여 안정된 지위와 수입을 보장받는 것 외에 다른 안정적인 대안은 거의 존재하지 않는다. 때로는 주식 투자에 나서거나 창업을 선택하기도 하지만, 그런 위험을 각오하는 것은 소수다. 자연스럽게 다른 가능성은 배제된다. 안전하고 풍요로운 삶만이 가치가 있다. 다른 것을 하고 싶다면, 돈을 벌어 생활의 안정을 확보하여 어떤 위험도 없는 가운데 그 가능성을 타진해야 한다. 학문을 한다거나, 예술을 하는 것, 특히 그것을 평생의 업으로 짊어지는 것은 오늘날 가장 어리석은 짓이 되어버렸다. 시를 쓰거나 그림을 그리는 것, 비평이나 철학을 하는 것은 모두 여유 있는 자의 사치로 치부된다. 개발기의 황금시대에 직장을 다니고, 가장 어려운 시대에 은퇴한 이들이 예술과 철학에 관심을 가지고, 도서관이나 사설 교양 교육기관에서 문학과 철학 강의를 들을 때, 젊은이들은 자신의 암울한 미래에서 시와 철학을 완전히 지워버린다. 그들에게 시와 철학은 단지 대기업의 면접을 위한 추가적인 교양에 불과하다. 그렇게 시와 철학은 고급 교양의 장식품이거나, 지적인 소양을 보여주기 위한 전시적 수단이 되어버렸다. 예술 그 자체, 철학 그 자체에 대한 열정은 사실상 사라진 지 오래다. 효율성과 생산성이 모든 것의 기준이 된 오늘의 시대에 시를 비롯한 예술과, 철학을 비롯한 순수 학문은 대부분 무용한 것으로 폄훼되고 있다.

시와 철학 등이 무용함의 상징이 된 것이 어제오늘 일은 아니다. 물론 의도하지 않았던 '영광스러운 시절'이 없었던 것은 아니겠으나, 대부분의 시대는 시(그리고 여러 가지 예술)와 철학 모두에게 힘겨운 것이었다. 시는 무용한 것으로 버려지거나 주변화되기 일쑤였고, 철학 역시 무관심과 혐오의 대상이 되기 십상이었다. 아마도 철학에게 가장 심각했던 시기는 역설적이게도 철학이 탄생한 고대 그리스 시대였을 것이다. 플라톤은 《국가》 제6권에서 철학이 처한 상황을 아주 잘 묘사한다. 작중 소크라테스의 제자인 아데이만토스는 철학을 하는 사람들이 '이상한 사람들', 또는 '나라에 쓸모없는 사람들'로 취급당하는 현실을 지적한다. 소크라테스는 그런 말을 하는 사람들이 거짓이 아닌 진실을 말하고 있다고 단언하면서, 철학자들을 쓸모없는 존재로 만들어버리는 현실을, 항해 중인 배에 비유한다. 민중은 덩치 좋고 힘은 세지만, 귀 어둡고 눈도 근시인 선주다. 그 선주를 둘러싼 선원들은 선동 정치가로 배의 지휘권을 둘러싸고 쟁탈전을 벌인다. 그들은 키를 조종하는 기술을 배운 적도 없이 서로가 키를 잡으려 한다. 그들은 선주를 둘러싸고 자신이 배를 조종해야 한다고 요구하고, 끝내는 선주에게 최면제나 술을 먹여 꼼짝달싹 못하게 한 다음 배를 지휘한다. 그들에게 유능한 키잡이란 그저 선주를 설득하거나 겁박하여 자신들이 배를 지휘할 수 있도록 돕는 자일뿐이다. 그 결과, 조타술을 실제로 알고 있는 능력 있는 키잡이는 이들에게 전혀 쓸모없는 사람으로 취급받고 만다. 그 키잡이가 무도한 선원들의 일에 간섭하는 것은 금지될 것이고, 그는 고립된 채 남아있어야 할 것이다.

물론 플라톤의 의도는 철학자의 실질적인 무용성을 그 자체로 긍정하는 데 있지 않다. 그에 따르면, 철학자는 실제 쓸모없어 보이지만, 그것은 사람들이 그를 이용하지 않기 때문이다. 사람들이 철학자를 이용하는 순간, 그들의 무용성은 탁월한 자질로 바뀔 것이다. 그러나 그런 일은 일어나지 않는다. 고대 그리스의(또는 오늘날의) 정치가 그것을 허락하지 않기 때문이다. 고대 그리스의 정치는 정치가가 제 능력을 강조하여 대중을 자기편으로 끌어들여야 하는 민주주의 체제다. 이 체제에서 정치가는 환자를 찾아다니며, 자기만이 그 환자를 치료할 수 있다고 설득해야 하는 아주 이상한 의사와도 같다. 만약 그런 의사가 있다면 그는 사기꾼이거나 돌팔이일 가능성이 크다. "통치자가 다스림을 받을 사람들에게 자신의 다스림을 받도록 청할 필요가 없다"는 플라톤의 언급은 민주주의의 지배 하에 있는 철학자가 그러한 무용성에서 결코 벗어날 수 없다는 것을 말한다. 그런 연유로 플라톤은 철학자의 무용성에 이어지는 논의에서 철학의 전락轉落에 대해 말한다. 민주주의 체제 아래에서 철학은 진정한 자질을 가진 사람에게 외면당하고, 자질 없는 사람들이 철학의 고상한 지위를 자신의 장식물로 삼게 된다는 것이다. 어쩌면 그것이 철학의 운명이다. 오늘날 우리는 철학이 그저 지적인 장식물이나 고상한 교양으로 전락하는 것을 목도하고 있지 않은가? 많은 이들이 철학의 고상함을 동경하니 철학이 살아남을 것이라는 말은 사태를 완전히 잘못 파악하는 데서 오는 낙관이다. 바로 그 길 위에서 진정한 철학적 사유는 쓸쓸히 죽어갈 것이 분명하다.

확실히 플라톤은 철학의 권위를 원했다. 철학을 통치의 자질로 특권화하는 플라톤은 민주주의를 부적절한 통치 체제로 규정하면서, 철학의 실제적인 군림을 기획한다. 그러나 그가 그것을 가능한 체제로 규정한 것은 아니다. 《국가》에서 소크라테스는 철인 통치 자체가 불가능하다는 제자들의 지적을 부정하지 않는다. 그것은 사실상 불가능한 기획이다. 소크라테스는 단지 그것이 아테네가 아닌 다른 곳, 민주주의의 지배가 관철되지 않는 다른 나라에서는 가능할 것이라는 막연한 희망만을 제시할 뿐이다. 결국 플라톤에게 철학의 무용성이란 사유와 정치의 분리 안에서 사유가 가질 수밖에 없는 운명이고, 철학이 다루는 모든 정치의 문제는 그러한 분리를 극복함으로써 무용한 사유를 적극적으로 활용하는 데 있다. 그러나 우리가 시로 눈을 돌리면 사정은 완전히 달라진다. 시는 무용성을 부동의 목표로 삼기 때문이다. 물론 여기서 시는 플라톤이 그토록 경원시했던 감정의 직접적 모방에서 벗어난 시, 설득의 기교와 전혀 연결되지 않는 시일 것이다. 그런 모든 유용성에서 빠져나와 무용성으로 점철된 시는 분명 사유의 영역에 위치하여 우리에게 새로운 가능성을 도발적으로 선언하는 시가 틀림없다. 고대 그리스 민주주의에서의 수사학의 군림 가운데 어색하게 편입되었던 시는 플라톤의 단죄 이후, 오랜 시간 동안 사유의 영토 밖에서 떠돌고 있었다. 다른 예술들 역시 수단적 가치를 통해 제 명맥을 가까스로 이어갈 수밖에 없었다. 그렇게 긴 세월이 지난 후, 시와 예술은 다시금 사유의 영토 안으로 돌아온다. 무용성으로 점철된 새로운 시가 사유의 장에 등장하는 것이다.

시의 핵심으로 곧바로 접근해보자. 우리의 시인 김수영에 따르면, 시인이 사랑하는 것은 '불가능'이다. 불가능이란 무엇인가? 그것은 현실이 허락하지 않는 가능성, 모든 법이 금지하고 있는 현실의 저 너머를 말한다. 불가능은 우리가 보고 있어도 볼 수 없는 것, 그 앞에서는 모든 시선이 격하게 굴절되고 마는 사태, 일반적인 언어로는 쉬이 근접할 수 없는 전대미문의 사태를 가리킨다. 시인의 에로스는 바로 그러한 불가능을 향한다. 모든 금지의 조항을 넘어, 모든 현실의 법칙을 넘어, 시는 불가능의 다른 지평을 찾아 헤맨다. 진정한 시는 현실의 법이 허락하는 수평적 여정을 거부하는 수직적 상승의 시도다. 그래서 불가능은 자유와 연결되어야 한다. 법칙을 거스르는 수직적 상승을 통해서만, 시는 모든 것을 옭아매는 법칙적 유대에서 벗어날 수 있을 것이다. 시는 신비한 상승을 위한 끊임없는 도전을 계속해야 한다. 바로 그때, 시는 '불가능'을 향한 자유의 시도이자, 불가능을 위한, 끝나지 않을 자유의 싸움이 된다. 그리고 여기에는 한 가지 단서가 있다. 시의 절대적 자유란 결코 직접성에 걸쳐있지 않다는 것이다. 그것이 불가능한 상승을 꾀하는 도전이라면, 직접성과 연결되지 않는 시의 자유는 명백한 것처럼 보인다. 바디우가 《비미학》에서 말라르메를 통해 말하듯, "결코 직접적이지 않은" 언어에 의존하는 시(그래서 시는 난해해 보인다)야말로 대상의 직접성에서 벗어나 알려지지 않은 자유로 비상하는 탁월한 사유이다. 그렇듯, 시를 관통하는 새로운 언어의 배치는 모든 객관적인 법칙을 파괴하고, 상식적이지 않은 언어적 약동을 통해 시에 생명력을 불어넣는다. 그제서야 시는, 시의 자유는 새로운 세계의 문턱을 넘어설 것이다.

이러한 시적 사유가 그 자체로 무용하다는 점은 명백하

다. 어쩌면 시는 철학보다도 더 무용해 보인다. 불가능을 직접적이지 않은 방식으로 선취하려는 시의 노력은 결코 현실에 유용하지 않을 뿐더러, 현실의 직접적인 요구에 곧바로 응답하지도 않기 때문이다. 시는 그러한 직접적인 요구에 마주하여, 우리의 시선을 다른 곳으로 돌리게 한다. 어떤 사람들은 '시의 몽상'을 운위하겠지만, 그 모든 것을 헛된 꿈으로 접어둘 수 있는 것은 아니다. 그 꿈은 언젠가 새로운 현실이 되어 우리 앞에 드리워질 것이다. 아니, 어쩌면 그 꿈이 발화되는 순간, 그것은 이미 현실일 수도 있다. 불가능한 것은 새로움으로 우리 앞에 다가올 수밖에 없다. 그러한 시도들이 계속 이어진다면 말이다. 바로 그 지점에서 시는 철학과 공명한다. 철학은 시가 선취해낸 불가능을 '현現세계'의 불가능으로, 더 정확하게 말해 '진리'라는 이름으로 다시 일으켜 세울 것이니 말이다. 그러니 시와 철학에게 가해지는 '무용성'이라는 낙인을 회피하지 말자. 그런 하찮은 의견에 불평을 늘어놓는 것은 그저 우스운 일이다. 어쩌면 시와 철학에 대한 경멸과 질시는 마치 운명과도 같아서, 거기서 빠져나오려는 모든 시도는 단지 시와 철학이 변질로 나아가는 첩경이 될 뿐이다. 그 비난과 비아냥을 기꺼이 받아들이자. 그리고 시와 철학의 무용성이 다시금 이 황폐한 세계에 새로움을 가져다 줄 것이라고 담담하게 되뇌자. 어차피 시와 철학의 일이란 주어진 모든 세계와의 싸움이 아닌가?
김수영이 확언하듯, **무용한 '나'와 대립하는 것은 유용한
'전 세계'인 것이다.**

읽어볼 만한 책

바디우, 《비미학》, 이학사, 2010
바디우, 《참된 삶》, 글항아리, 2018
플라톤, 《국가·정체》, 서광사, 2005

14장 조금은

Penser

강하게

à l'obscurité

나는 지금까지 사유의 중요성을 강조하면서 그 다양한 범위를 살펴보았다. 그것은 사유의 영역을 확장함으로써 우리의 삶을 사유로 이끄는 다른 가능성을 가늠하는 시도였다. 나는 사유에 드리운 부정적인 이미지, 소위 '책상물림'이라는 이미지를 거둬내고 싶었다. 모든 사유는 책상물림이라는 무력한 지식인의 이미지와 아무 관계가 없다. 철학은 목숨을 거는 행위라는 점을 나는 항상 강조한다. 물론 그것은 우리가 3장에서 살펴본 '동굴로의 귀환'에서 연유하는 잠언이다. 절망의 장소에 희망을 심는 행위는 그 자체로 위험하고, 때로는 죽음을 각오해야 한다. 과도하게 비장한 말 같지만, 그것은 사실이다. 소크라테스의 죽음이나 스피노자에게 닥쳤던 살해 위협, 마르크스의 철저히 고립된 삶 등이 그것을 그대로 말해준다. 철학이 대학에 자리를 잡은 후, 이런 위험한 이미지는 점차 사라지고, 지극히 비현실적인 분과 학문으로 취급받게 된다. 그러나 철학의 본 모습은 현실에 철저히 복무하는 사유의 실천이다. 예술도 어느 정도는 마찬가지다. 이미 공고해진 기존 질서를 교란한다는 점에서, 예술은 실천적인 사유임이 틀림없다. 시인은 언제나 '위반'을 사유하고, 존재에 가해지는 모든 결박을 풀어헤쳐 새로움으로 나아간다. 그 역시 비난을 기꺼이 감수해야 하는 위험한 실천이다.

앞서 살펴본 여러 사유의 갈래는 지극히 실제적이면서 불온하다. 우리가 알고 있는 가능성 너머로 나아가지 않는 한, 그런 생각들은 강한 반발을 불러일으키기 마련이다. 절대 쉽지 않은 이러한 사유의 실천이 갖는 효과는 무엇일까? 그 실천은 삶을 변화로 이끈다. 바디우는 우리의 삶을 지배하는 **반복적 자동성**에 대해 종종 말한다. 생각해보면, 우리의 삶은 그저 반복적이다. 각자의 자리에서 주어진 일을 하고, 그 자리에서 벗어나지 않는다. 어느 정도 시간이 지나면 우리는 일상의 반복 속에 파묻혀 점점 소진되는 제 모습을 발견한다. 때로는 일탈을 꿈꾸고, 뜻이 맞는 사람들과 상상적인 결사結社를 조직하기도 하지만, 일상의 무게는 그 모든 것을 한낱 몽상으로 돌려버리기 일쑤다. 이런 과정조차 반복된다. 마음은 일상에서 벗어나고자 몸부림치지만, 실제의 몸은 냉엄한 현실의 요구, 나의 자리에 부과된 요구에서 벗어나지 못한다. 구조의 함수는 일종의 되먹임으로 우리의 삶을 통제하는 셈이다.

일찍이 랑시에르는 《프롤레타리아의 밤》에서 이러한 반복적 자동성에서 벗어나고자 했던 19세기 노동자들의 노력을 보여준 바 있다. 그는 파리 문서고에서 19세기 프랑스 노동자들의 불가능한 시도, 노동의 낮을 위해 포기된 밤의 시간을 온전히 제 것으로 소유하려는 영웅적인 시도를 발견했다. 그들은 현실 논리에 의해 강제된 노동이 아닌 자신들의 꿈을 위해 다음날의 노동을 위한 잠을 포기하고, 밤을 동료들과 책을 읽고 토론하고 글을 쓰는 사유의 시간으로 만들었다. 어둠 속에서 피어난 어둠의 사유. 그들은 자신들의 세계를 쌓아 올리면서 노동자의 삶에서 작동하는 반복적 자동성을 파괴했다. 지식인의 일을 하는 노동자들이 탄생한 것이다. 이 일화가 말해주는 것처럼, 사유는 누구에게나 열려 있다. 사유는 경계를 파괴하는 중차대한 효과를 가져온다. 각자에게 주어진 경계가 흐트러지면서 다른 가능성이 생겨난다. 사실 '생겨난다'는 말은 정확하지 않다. 그 가능성은 이미 내 안에 존재하고 있던 가능성, 내재적인 가능성이었기 때문이다. 탈경계의 사유는 그러한 내재적인 가능성, 모두의 지적인 평등을 증명하는 가능성일 따름이다.

우리에게 부과되는 반복적 자동성에는 일견 잔혹한 면

이 있다. 그 반복적인 루틴에서 벗어날 때, 우리는 불안감에 사로잡힌다. 내가 가진 모든 것을 잃지는 않을지, 이전의 안락한 삶이 완전히 사라지지는 않을지 염려할 수밖에 없다. 하루빨리 예전으로 돌아가야 한다는 압박감도 있을 것이다. 실제로 모든 것을 내던질 수는 없다. 우리는 살아야 하기 때문이다. 랑시에르가 발견한 19세기 노동자들도 그랬다. 그들은 생업을 유지한 채 사유의 길로 접어들었고, 사유의 와중에서도 생계를 포기한 적이 없다. '일요일의 화가'인 앙리 루소(Henri Rousseau, 그는 세관의 직원이었다)도 마찬가지였다. 요즈음 소위 '투잡', '쓰리잡'을 뛰는 예술가들도 그렇다. 어느 정도의 대가를 감수한다면, 사유와 동행하는 삶을 구축하는 것은 그다지 어렵지 않다. 바디우가 《사르코지Sarkozy는 무엇의 이름인가?》(이 책이 번역되지 않은 것은 아쉬운 일이다)에서 설명하는 것처럼, 그때 필요한 것은 객관적인 조건이 아니라 사유로 나아가는 결단과 그 결단을 유지하는 용기다.

결단에 대해서는 누구나 인정할 것이다. 자동성이 지배하는 삶에서 벗어나기 위해서는 일종의 단절이 필요하고, 그 단절은 결단을 통과하기 마련이다. 우리가 살아가며 내리는 결단은 종종 삶의 방향을 바꾼다. 사유를 향한 결단은 자동성과의 부분적인 결별이다. 그로써 삶은 사유의 방향으로 나아갈 것이다. 그러나 중요한 것은 한 번의 결단이 아니다. 그 결단이 다른 결단, 자동성으로 복귀하는 결단을 통해 뒤집히지 않으리라는 보장은 없다. 여기서 필요한 것이 바로 용기다. 그 결단을 지속하고자 할 때, 우리는 장애물에 부딪히고, 그 장애물을 돌파하기 위해서는 용기를 발휘해야 한다. 말하자면 용기란 '지속의 용기'인 셈이다. 자동성으로 돌아가지 않고, 사유를 지속할 때, 우리의 삶은 이전과는 전혀 다르게 구축된다. 자동성이 지배하는 일상과 거리를 두는 새로운 일상이 나타날 테고, 그 일상 속에서 사유의 실천이 펼쳐질 것이다. **삶을 바꾸는 것은 용기다.**

그러한 삶의 방향 전환은 그리 낯설지도, 멀리 있지도 않다. 하나의 일화를 소개하자. 2013년에 바디우가 서울에 방문했을 때의 일이다. 서울 시립 미술관의 초청으로 서울 시청에서 바디우와 그의 아내 세실 빈터의 강연이 열렸다. 예술의 정의에 대한 무척 흥미로운 강연을 마친 후, 관객의 질문을 받는 시간이 주어졌고, 여러 가지 질문이 이어졌다. 어느 30대 후반쯤으로 보이는 여성이 반복적인 삶에서 벗어나기 위해 어떻게 해야 하는지 물었고, 당시 사회를 보던 나는 이 질문이 내가 여기저기서 사람들에게 이미 여러 차례 받았던 질문임을 밝히며 바디우의 답변을 청했다. 그의 대답은 상당히 정확했다. "당신의 삶에서 한 발만 밖으로 벗어나 보십시오. 그러면 무언가 달라질 것입니다." 그가 말했던 것은 삶에 부과되는 반복적인 자동성에서 벗어나기 위한 일상과의 거리두기였다. 일상에 파묻히는 것이 아니라, 그 일상과 거리를 두고, 그 바깥을 탐색하는 것이 그의 처방이었던 셈이다.

반복되는 일상의 자동성은 우리에게 다른 가능성을 보여주지 않는다. 항상 해왔던 것만을 하고, 항상 믿어왔던 것만을 믿으라는 명령이 주어진다. 일상과 나의 실존은 융합되고, 그 융합 속에서 나의 실존은 점점 흐려진다. 사회를 구성하고 있는 구조는 모든 인간을 어떤 자리를 지키는 구성요소로 환원한다. 내가 언젠가 사라지면, 다른 누군가 그 자리에 들어와 공백을 채운다. 세월이 지나면 아무도 나를 기억하지 못할 것이다. 이런 사태는 누구에게나 같다. 오늘의 세계는 어떤 공백도 허락하지 않으면서 모두를 잠재적인 공백으로 만들어버린다. 그렇게 모든 '자리의 질서'를 유지하는 가운데, 오늘의 세계는 자본의 순환을 위해 필수적인 변화만을 수용한다. 그 자리에 머물러 있는 한, 그 일상에 함몰되는 한, 다른 가능성은 있을 수 없다. 이 세계에서 다른 가능성은 그저 불가능성이기 때문이다. 그 (불)가능성으로 나아가는 데 필요한 것이 결단과 용기다. 그것이 없다면, 우리는 반복적 자동성에서 영영 벗어날 수 없다.

더도 덜도 말고 한 발만 일상에서 벗어나 사유로 향하

자. 그것은 힘겨운 일일지 모르지만, 언제나 반복되는 허망한 삶에 그대로 머무르는 것보다는 훨씬 즐겁고 보람찬 일이다. 안된다고 말하는 것은, 삶을 반복 속에서 소진하라는 구조의 의지에 따르는 일이다. 그때 삶은 악몽이 된다. 변해야 하는 것은 삶이다. 그러나 삶은 저절로 변하지 않는다. AI가 발전하고, 삶의 안락이 더해간다고 해서 삶이 달라지지는 않는다. 단조로운 반복을 떨쳐내고 사유의 땅으로 들어가는 용기를 내자. 엄청난 용기가 필요하지도 않다. 작지만 강한, 조금은 강한 용기, 메조포르테로 연주하는 용기라면 족하다. 바로 그때, 우리 앞에 열리는 것은 벅찬 사유의 길이다. Penser à l'obscurité(어둠을 사유하라).

티라노 네 번 독서
서용순 철학 에세이 사유하라

1판 1쇄 인쇄 2025년 4월 25일
1판 1쇄 발행 2025년 5월 1일

지은이 서용순
펴낸이 김봉재
편집 김진
디자인 기혁
펴낸곳 도서출판 리메로

등록번호 제395-2018-000113
주소 경기도 고양시 덕양구 동송로 30, 101동 1002호
         (동산동, 삼송 더샵 미디어시티)
전화번호 070-8866-4915
전자우편 limerobooks@gmail.com
인스타그램 https://www.instagram.com/limerobooks